KB275374

경남 문인 연구 3

김용호 시 연구

경남 문인 연구 3

김용호 시 연구

도서
출판 박이정

【글쓴이】

강희근(경상대학교 교수)
유재천(경상대학교 교수)
김신정(연세대학교 교수)
강외석(문학평론가)
조동구(부경대학교 교수)
김향라(시인, 경상대학교 강사)
한지희(경상대학교 교수)
정삼조(시인)

경상대 인문학연구소

경남 문인 연구 3 **김용호 시 연구**

초판 1쇄 인쇄 2008년 2월 14일
초판 1쇄 발행 2008년 2월 20일

엮은이 경상대학교 인문학연구소
펴낸이 박찬익
펴낸곳 도서출판 **박이정**

130-070 서울 동대문구 용두동 129-162
전화 922-1192~3, 팩스 928-4683
http://www.pjbook.com
e-mail pijbook@naver.com
온라인 (국민)729-21-0137-159
등 록 1991년 3월 12일 제1-1182호
ISBN 978-89-7878-968-4 (93810)
값 10,000원

시인 김용호(金容浩, 1912~1973)는 경남 마산에서 태어나 마산공립보통학교, 마산상업학교를 졸업했고, 1935년 23세에 일본에 건너가 1938년 명치대 전문부 법과에 입학 1941년에 졸업했다.

1935년 시『新人文學』8월호에 「내 사랑하는 여인아」, 10월호에 「첫 여름 밤 귀 기울이다」를 발표함으로써 시작 활동을 전개하여 『饗宴』,『해마다 피는 꽃』(1948. 시문학사),『푸른 별』(1952. 대문사), 『날개』(1956. 대문사),『南海讚歌』(1957. 인간사),『衣裳洗禮』(1962. 일조각) 등을 남겼다. 유시집으로『混線』(1974. 청자각)이 있고『金容浩詩全集』(1983. 대광문화사)이 유족과 제자 등에 의해 출간되었다.

김용호는 30년대 일제의 수탈로 고향을 등지고 북으로 떠나가는 유랑민의 문제를 시적 주제로 등장시켰다는 점에서 같은 시대 활동한 이용악과 더불어 문학사적으로 중요한 의미를 갖는 시인이다. 특히 장시 「낙동강」은 일제의 토지수탈과 철도부설 등 식민정책으로 민족의 젖줄인 낙동강이 일제의 강으로 변해가고 수탈을 견디지 못한 민중들이 고향을 떠나는 현실을 비탄에 젖은 목소리로 노래하고 있는 시로 가치를 지닌다.

해방 후 김용호는 진보적 입장에서 당시 민족현실을 노래하다가 전후에는 전후 척박한 현실 속에서 존재론적인 문제에 관심을 보여줬고 후기에는 생활의식과 사회문제를 시의 주요 주제로 등장시켰다.

대표작으로 장시 「낙동강」, 「주막에서」, 「오월의 유혹」, 「눈오는 밤에」 등이 있다.

김용호의 시에 대한 연구는 그의 업적이나 비중에 비해 아직 초보적인 수준에 벗어나지 못하고 있고 시기별 특징이나 시세계에 대한 규명도 본격적으로 이루어지지 않고 있다.

이 책은 경남문인연구 세 번째 책으로 기획되었다. 앞서 간행된 『경남의 시인들』, 『경남의 작가들』이 경남의 대표적인 문인들에 대한 연구를 모은 것이라면 이번 책은 개별 시인들에 관한 집중적인 연구라는 점에서 또 다른 의미를 갖는다.

논문 수록은 초기 시에 대한 연구에서 후기 시에 대한 연구 순서를 따랐다.

2008년 2월
경상대학교 인문학연구소 소장
유　재　천

차 례

김용호의 첫시집 『饗宴』에 대하여

강 희 근(경상대학교 교수)

1. 들머리

시인 김용호(金容浩, 1912~1973)는 경남 마산에서 아버지 김해 김씨 치완(致琓)과 어머니 밀양박씨 경포(敬布) 사이의 삼남매 중 외아들로 태어났다. 마산공립보통학교, 마산상업학교를 졸업했고, 1935년 23세에 일본에 건너가 시「내 사랑하는 여인아」를「新人文學」8월호에 발표하고, 이어 동지(同誌) 10월호에「첫 여름 밤 귀기울이다」를 발표함으로써 시작 활동을 전개했다.[1]

1937년 25세에 시집「洛東江」을 간행하기 위해 검열까지 받았으나 간행하지 못했다. 1938년 26세에 일본 명치대학 법과에 입학하고 같은 해「洛東江」을「四海公論」에 발표했고「貘」동인으로 참여했다. 1941년 29세에 동경에서 명치대 전문부 법과 졸업기념으로 첫시집「饗宴」을 상재했다.

이후 그는 시집「해마다 피는 꽃」(1948. 시문학사),「푸른 별」(1952. 대문사),「날개」(1956. 대문사),「南海讚歌」(1957. 인간사),「衣裳洗

---

1) 이보다 앞서 시「春怨」을 1930년 4월 14일자 동아일보에 발표했고, 시「宣言」을 1935년 10월 15일자 조선15일자 조선일보에, 시「出帆」을 1935년 5월 17일자 동아일보에 발표했다.

禮」(1962. 일조각) 등을 내었다. 유시집으로 「混線」(1974. 청자각)이 나왔고 이로부터 9년 후 「金容浩詩全集」(1983. 대광문화사)이 유족과 제자 등에 의해 출간되었는데 기왕의 시집과 미발표 원고를 합하여 편집된 것이다.

본고는 「金容浩詩全集」을 텍스트로 하여 제1시집 「饗宴」을 살펴보는 데 목표를 둔다. 「饗宴」은 「金容浩詩全集에 판권 부분이 빠져 있어서 출판사(興亞社) 가 동경에 소재해 있던 것인지 서울에 소재해 있던 것인지 분간할 수가 없다. 첫시집을 소장하고 있다가 어디 다른 데로 기증했다고 하는 이성교 시인에게 연락이 되어서 물었으나 자신 있게 대답을 하지 못했다. 기왕의 논문 중에서 김윤완의 「金容浩論」에는 "네덜란드 신부가 경영하는 天主敎 系統의 印刷所 興亞社에서 發刊했다."[2]로 되어 있지만 인쇄소의 소재지를 밝히고 있지는 않다.

어쨌거나 본고에서는 시집의 세계를 먼저 검토해 보고 이어 형식을 다루어 보기로 하겠다.

2. '그대'의 부재, 그리움과 절망의 세계

1) 그리움

김용호의 첫시집 「饗宴」에는 시가 총 25편 수록되어 있다. 통상적

---

2) 단국대학교 박사 논문인 김윤완의 「金容浩論」(1982). p. 5.

인 시집 분량으로는 상대적으로 수록 편수가 적다고 할 수 있다. 김용호는 시집 서문 「아뢰는 말」[3]에서 다음과 다음과 같이 적고 있다.

> 몇 해를 두고 별르고 별르던 것이 이제 겨우 實現을 보게 된 셈이나 처음 企圖한 것보다는 퍽이나 距離가 먼 것이 되고 말았다. 새삼스레 內容의 貧窮함은 말할 것도 없으나 넣고 싶던 作品의 대부분을 딱한 사정만이 앞서 빼어버리지 않을 수 없었기 때문에 더 더욱 초라한 것이 되고 말았다.

이때 '딱한 사정'이 무엇이었을까? 그의 연보에 나타난 1941년 이전의 시편들이 시집에 제외되어 있는 것을 볼 수 있는데 「春怨」 (1930. 동아일보), 「내 사랑하는 여인아」(1935. 신인문학), 「宣言」 (1935. 조선일보」, 「첫 여름밤 귀를 기울이다」(1935. 신인문학), 「出帆」(1935. 동아일보」, 「쓸쓸하던 그날」(1935. 신인문학), 장시 「낙동강」(1938. 사해공론」, 하루 (1938. 사해공론) 등이 그 목록이다. 그런데 1937년 25세에 시집 「洛東江」을 간행하려고 검열 허가까지 받았지만 간행하지 못했다고 하는데 이것이 경제 문제인지 확실하지 않다. 다만 「첫 여름밤 귀를 기울이다」에서 보여준 무산계급에 대한 정서[4]를 염두에 둔다면 시대적인 배려가 '딱한 사정'의 일면일 수도 있음을 고려해 볼 수 있을 것이다.

---

3) 김용호 시 전집 (1983. 대광 문화사) 부록
4) 강희근, 제2부 경남 작가 대표작 읽기, 경남 문학의 흐름 (2001. 보고사). p. 214.
  "… 같은 대목이 상당히 사물쪽이다. '비탄의 보고'와 끝 연의 '뽈조아' 같은 데서 경향성이 언뜻 엿보인다."

  어쨌거나 첫시집 전반에서 드러나는 세계는 '그대'에의 그리움이
한 가닥이고 허무와 절망이 다른 한 가닥이다.

        언제 왔다
        언제 갔느냐
        너는
        소복 소복 쌓인
        네 순정의 눈길 위로
        내 사랑의 썰매가
        남 모르게 달리기 전에

        온 줄도 모르게
        간 줄도 모르게
        너는
        아무 말이 없이 떠났다
        너는
        아무것도 남기지 않고 떠났다

        그밤은 우리들의 十字路더냐
        옥아!
        그리운 옥아!

        와도 가도 너는 슬픈 양 고개가 무거웠고
        가도 와도 너는 외로운 양 말이 없었다

        어푸러진 너 나의 삶이
        마디 마디 슬픔을 안고
        삽사리처럼 뒤궁굴러

        주고 받은 말이 없고
        다시 온단 말이 없이
        묵묵히 헤어진지 이미 다섯해

그리운 옥아! 듣고 싶다
내게 들려 주려던
그 말을

돌아온 그날 밤
눈 오는 오늘 밤

호야불마저
네가 그리워
쐐- 하고 우짖는
이 밤

파고
파고
또 파고-

네 가슴속 깊이 감추고 간 '그 말'을 파기에
면-ㄴ 숲에서 내 思念은 잠을 못 잔다 외로운 이밤
　　—「別離- 그 밤은 우리들의 十字路더라. 옥아! 그리운 옥아-」

　따옴시는 "온 줄도 모르게 / 간 줄도 모르게" 왔다가 말없이 떠나버린 '옥'이를 떠올리며 이별의 아픔을 노래하고 있다. 떠남으로써 '어푸러진 너 나의 삶'이 되었다는 슬픔을 말하면서 '옥'이가 속 깊이 감추고 간 말을 그리움으로 '파고 또 파고' 있다는 것이다. 그리워하는 대상이 '옥'이라는 점을 밝히고 있는 시로써 김용호 시편의 그리움이 어디로 향한 것인지 그 단서를 잡을 수 있다. 시 「別離」를 제외하고 그리움의 시편에서는 '그대'와 '그'를 그리워하고 있다. 시 「戀歌」를 보자.

길들은 바위 위에 쪼그리고 앉아
바다를 정답게 바라봅니다

물결이 모래를 어루만지며
밀려 오고 밀려 가고

산듯한 바람이 즐거움을 싣고
속삭이며 불어오고

그리운 사람아!

손곱내 나는 그 섬등에서
그대 나를 부르는 듯 부르는 듯

나는 오늘도
산호처럼 빠알간 사람을
그대 가슴에 수 놓는다
　　　　　　　—「戀歌」

　따옴시는 바위 위에서 바다를 바라보며 '그대'를 그리워 한다는
시다. 전체의 정서는 슬픔이나 그늘이 지지 않고 있음이 눈에 띤다.
"산듯한 바람이 즐거움을 싣고 / 속삭이며 불어오고" 있고 "손곱내
나는 섬등에서 / 그대 나를 부르는 듯 부르는 듯"이라 표현한 대목을
보아 그렇다. 사랑이 단절된 상태에서 그대를 부르는 것이 아니라
사랑의 연속성 위에서 그대를 그리워하고 있는 것으로 읽힌다. 그리하
여 화자는 "산호처럼 빠알간 사랑을 / 그대 가슴에 수 놓는다"고
말하고 있다. 나와 그대의 사이가 단절이나 불화의 간격에 놓여 있지
않음을 보여준다 하겠다. 그러나 「버릇」에서는 이 정서와는 사뭇
달라져 있음을 보여준다.

「없다」하고
나를 버리고 그가 떠난 후
나는 사랑을 쪼아 먹는 슬픈 啄木鳥가 되어
詩人의 면류관을 쓰다

내 즐겨 읊은
사랑의 노래여!

어느새 이루워진지 모르는
실없는 내 버릇을 비웃지 말라

쓸쓸할 때엔 일부러 소리를 내여 읽는다
슬플 때엔 눈물 함께 주고 꺽 삼켜 버린다
기쁜 때엔 남 모르게 마음속으로 외인다
　　　　　　　　　　　　　—「버릇」

따옴시는 떠나간 '그'를 생각하며 시인이 되었다는 줄거리를 담고 있다. 화자는 떠나간 그를 생각하며 사랑의 노래를 즐겨 읊은 사람이 되었다는 것이다. 그가 떠나면서 화자는 슬픈 탁목조가 되기도 하고 쓸쓸할 때나 기쁨이 올 때에는 '그'를 그려 노래한다는 것이다. '그'는 떠나 있지만 시로써 하나가 되어 있다는 이야기를 하고 있다. 말하자면 그리움의 실천적인 누림이 시로 나타난다는 것이다. 그가 갔어도 그는 내 존재의 실존 안에 그대로 온존해 있다는 이야기인 셈이다.

　김용호는 '그'가 떠난 상황을 표현하되 더욱 간절히 고조되는 그리움으로 드러내기도 했다.

…… 그리하여 내 사랑은 永遠히 幽閉의 運命을
등에 지고
뻗을 곳 없는 내 情熱은 우울의 化石이 되고 말았다

極과 極은
그렇게도 멀었고
極과 極은
그렇게도 가까웠다

言語의 「파라독스」를
하나의 眞理로서
체험할 수 있었다는 것을
나는 불행으로 생각ㅎ지 않는다

회오리 바람이 뜨거운 정열을 몰아
그를 껴안을 기회를 갖다 주었어도
理性의 차디-찬 斷念의 칼날은
끝내 그이의 행복을 뺏지 않았다

그이의 행복이란
모-든 것에 가난한
내 앞을 떠나는 것이었다

나는 최후의 이 자리에서
뒤끓는 심장의 고동을
땅 위에 꽂았다
—「逆說」

따옴시는 '그'를 '극'과 '극'의 관계로 풀면서 통렬한 그리움을
드러낸다. 따옴시는 처음부터 화자의 마음을 축자로 드러내고 있다.
"내 사랑은 永遠히 幽閉의 運命을 등에 지고"라 하여 이루어지지
않은 사랑을 직설적으로 말한다. 이어 "내 情熱은 우울의 化石이
되고 말았다"는 구절을 통해 비탄의 정서를 극대화시키고 있다. 그러
면서도 화자는 "言語의 「파라독스」를 / 하나의 眞理로서 / 체험할

수 있었다는 것을 / 나는 불행으로 생각ㅎ지 않는다"라 하어 불행을
불행하지 않은 것이라 역설적으로 표명한다. '그'의 행복을 나의
행복에 가두어 놓지 않음으로써 진정한 사랑이 되었다는 것에 자위하
고 있는 것이다. 그러나 화자는 "뒤끓는 심장의 고동을 / 땅 위에
꽂았다"는 비장감을 드러내기도 한다. 만해 한용운이 "그는 갔습니다.
그러나 나는 그를 보내지 아니하였습니다"라는 역설적 강조를 이
시도 그대로 실현해 보이고 있는 것이라 하겠다. 시 전편에서 '그리움'
이라는 말을 한 번도 하지 않았지만 화자는 그리움까지 가 닿는
심리적 갈등을 오히려 더 간절히 드러내고 있는 셈이다.
　　그런데 시 「가을」은 '그'가 '너'로 대치된 것으로 읽히는데, 여기에
이르러 사랑하는 이의 정체가 사별 쪽으로 가 있음을 감지하게 된다.

　　　　솔버섯 피는
　　　　절간 뒤ㅅ산

　　　　낙엽만 밟아가도
　　　　가슴이 벅차는데

　　　　너 무덤 함께
　　　　벙어리 된
　　　　내 사랑

　　　　산 기슭 물레방아 되어
　　　　잊을 줄을 모른다
　　　　　　　　　　　　　—「가을」

따옴시는 일단 죽은 애인을 생각하는 시로 읽힌다. 3연 "너 무덤 함께 / 벙어리 된 / 내 사랑"이 죽은 사람에 대한 형상화로 읽히기 때문이다. 그렇지만 "산기슭 물레방아 되어 / 잊을 줄을 모른다"고 그 사랑이 영원히 잊혀지지 않는다는 것이다. 지금까지의 '그대' '그'는 별리의 상태에 있다는 것이지 '그대'와 '그'가 죽었다는 단서는 잡히지 않았다. 그런데 이 시에서의 '너'를 통해서 볼 때 화자의 사랑하는 님이 사별하여 그리움의 대상이 되었다는 것이다. 시집 편집의 차례를 놓고 보면 「가을」은 그리움과 무관한 「시그널」 (처음 실린 시) 바로 뒤에 있어서 애초에 죽어서 이별한 대상을 노래했던 것으로 읽을 수 있다. 그러므로 김용호 시에서의 '그대'는 별리로써 그리움을 자아내는 대상이면서 그 별리가 사별로 빚어진 것임이 확인된다 할 것이다. 이를 확인할 수 있는 시로 「담배」를 들어 볼 수 있다. 끝 연에서 "내 삶은 / 색동저고리를 벗고 / 하이얀 소복을 입었다"에서 죽음을 유추해 볼 수 있는 '소복'이 표현되어 있다.

2) 허무와 절망

김용호의 두 번째 시 세계는 허무와 절망의 시편들로 채워진다. 「담배」, 「虛無」, 「밤 거리에서」, 「寒想譜」 등의 작품이 허무와 절망을 그대로 드러내고 있다. 이런 세계는 앞에서 본 '그대'에의 그리움과 동전 안팎으로 맞물려 있는 것으로 읽힌다.

두 손가락에 끼여
삶과 주검의 허무를 아리켰다

두 입술에
물려
사랑과 미움의 갈등을 배웠다

머-ㅇ 이
들창 밖을 내다보는 버릇이
너 함께 이루워진 날

내 삶은
색동 저고리를 벗고
하이얀 소복을 입었다
—「담배」

따옴시는 떠나간 '너'와 관계된 삶의 허무를 노래하고 있다. 두 입술에 물려 있는 담배는 또한 두 손가락에 끼여 있다. 이는 너와 나, 삶과 주검, 사랑과 미움이라는 양자를 상징하고, 또한 그 담배는 허무한 연기로 사라지는 상황에 놓여 있음을 드러낸다.

결국은 사라지는 사이, '하이얀 소복'의 결과를 보여주는 사이를 확인하는데 이것이 곧 허무인 것이다. 허무는 그러므로 사랑의 파경 뒤편에 존재하고 있다. 말하자면 그리움의 대상이면서 그 뒤편에는 그것 때문에 허무일 수밖에 없는 삶이 도사리고 있는 것이다.

복수를 맹서하는
그 사나이와 더불어
술을 나누고 싶은
이 마음

아물거리는 인생의 환영이
초 ㅅ 불보다 더 약한
이밤

진땀 저진 내 생명을 얼그려
줄을 치는 거미 한 마리
—「虛無」

　따옴시는 소품이지만 허무를 앓는 화자의 처지가 아주 심각한 상태로 드러내지고 있다. 복수를 맹서하는 사나이와 술을 나누고 싶은 마음이라는 것인데, 이는 미련이 강하게 남아 있음을 말하고 있는 것이다. 그러면서도 화자는 '아물거리는 인생의 환영'에 빠져 있다. 꺼져가는 인생이고 잡히지 않는 인생이므로 허무이다. 그 허무는 다시 '줄을 치는 거미 한 마리'에 이르러 극한 상황으로 형상화되고 있다. 무엇이 인생을 촛불보다 약한 것으로 만들고 있을까? 앞뒤 작품들을 놓고 유추해 보면 '그대'와의 별리가 이렇게 화자를 궁지로 밀어 넣고 있음을 알 수 있다. 이를 두고 나라 잃은 시대의 상황으로 섣불리 몰아가는 것은 금물이다. 시대나 역사는 반드시 앞뒤 비유의 근거가 받쳐주는 것이 될 때 조심스레 연결해 볼 수 있기 때문이다.

　허무는 때때로 절망에 이어지고 있음을 본다.

이동을 꾀하는 별은 즐거웁거늘

한 발자죽
한 발자죽

내 발ㅅ걸음은 목맨 듯 무거웁다

뒤로 물러간 情熱은
한갓 청춘을 태워버린 절망이었고

앞으로 다가오는 諦念은
한갓 인생의 서글픔을 알려줄 뿐

　뒤도 앞도
　앞도 뒤도

보이지 않는구나 지금의 내겐
오 오직 뜨거운 앙가슴의 쓰라림이

　나를 울린다
　나를 울린다
　　　　―「밤거리에서」 후반부

　따옴시는 화자의 처지가 절망, 체념, 쓰라림의 상태에 놓여 있음을
보여주고 있다. '청춘을 태워버린' 데서 절망이고 거기서 체념이
오고, 그러면서도 앙가슴에는 '쓰라림'으로 가득해 있다는 것이다.
인생의 서글픔도 화자의 가슴 속에는 도사리고 있다는 것이다. 전반부
에서 '고독의 밀물'을 전제로 하고 있으므로 앞뒤 시편들의 정서를
고려해 볼 때 그 고독은 '그대'와 함께 있지 못한 데서 오는 것이라
짐작해 볼 수 있다. 함께 가야 할 사람이 동반할 때 오는 구족(具足)함
이 그 결핍으로 인해 깨어지고 있음을 말하는 것으로 이해된다.
　이 무렵의 김용호 시의 절망은 가슴 밑바닥의 고독(「孤獨」)이라든
가 "굶주리고 헐벗은 청춘"(「無題」)이라든가 비전 없는 우울(「바닷

가」), '사랑의 상처'(「로타리」), '여수의 적막'(「車窓밖」) 같은 항목들이 자아내고 있음으로써 더욱 고통스런 것임을 확인할 수 있다.

요약하여 볼 때 김용호의 첫시집의 세계는 두 가닥인데, 하나는 '그대'의 부재에서 오는 그리움의 가닥이고, 다른 하나는 이와 맞물려 드러나는 허무와 절망의 가닥이다. 이 세계는 인간의 보편적인 정서에 닿아 있는 것으로 시인이 아직 미래나 꿈에 대한 어떤 철학적 비전을 형성하여 갖고 있지 않은 시기에 나온 것임이 인정되다 하겠다.

3. 관습, 관념 그리고 문명의식

1) 관습적 비유, 또는 상투성

김용호의 시에서는 비유가 창조적인 것도 있지만 대부분 관습적이다. 문맥 위에서 새롭게 만들어지는 비유가 아니고 그냥 들어보면 금방 의미가 드러나는, 그런 상투적인 표현이 주를 이룬다.

가장 관습적인 비유가 많이 드러나는 작품은 「幻影」이다.

> 純情은 곰팡이가 피어
> 아담 以前의 이야기가 되고
> 情熱은
> 안개 속에 숨어
> 찾을 길도 없는 오늘

찬란한 무지개 세운
내 憧憬의 깃발은
어느 때
찾아올 행복의 신호였더냐

고향이 채쭉처럼 나를 때리고
우정이 거품처럼 사라져가고
사랑이 말굽처럼 나를 짓밟고

곪아 떨어진 내 생명은
벌써 염원을 비웃고
구름 함께 放浪의 지팽이를 짚었다

애정은 虛榮의 寒帶에서
소름처 올라붙고
내 삶은 다람쥐가 되어
재조를 넘는
오늘

황홀한 꽃수레에 실은
내 청춘의 꿈은
어디로 독수리가 물고 갔단 말인가

지나간 그날이 괴롭거늘
닥쳐온 오늘이 쓰리거늘
닥쳐올 앞날이 어둡거늘

성문 닫친 내 생명은
벌써 허무를 불러
무덤 위엔
할미꽃이 피었다
―「幻影」

따옴시는 비유가 상당히 많이 쓰여져 있으면서도 하고 싶은 말이 겉으로 노출되어 있다. 그만큼 동원된 비유들이 낡은 것들이거나 의례적인 것들이기 때문이다.

> 純情은
> 곰팡이가 되어
> 아담 以前에 이야기가 되고
> 熱情은
> 안개 속에 숨어
> 찾을 길도 없는
> 오늘

따옴시 1연이다. '순정'을 '곰팡이'로 '정열'을 '안개 속'으로 연결하고 있는데, '곰팡이'나 '안개 속'이 일상적이어서 문맥을 진술 차원에 머물게 한다. 그것뿐만이 아니다. "고향이 채쭉처럼 나를 때리고"나 "우정이 거품처럼 사라져 가고" 같은 직유가 관습적이어서 읽는 이의 상상을 일으켜 내지 못하고 있다. 시에서 신선감이나 창조적인 자장의 형성이 이루어지지 못하고 있다는 말에 다름 아니다.

그리고 관습적인 은유도 시를 새로운 것으로 드러내는 데 장애 요인이 되고 있음이 눈에 띈다.

> · 憧憬의 깃발
> · 행복의 신호
> · 放浪의 지팡이
> · 虛榮의 寒帶

　　이런 은유들은 원관념의 관념과 보조관념의 사물 사이가 비교적 가까운 것들이라서 읽는 이의 상상을 건드려 주는데 소정의 몫을 하지 못하고 있음이 확인된다. '虛榮의 寒帶'가 그 중 관념과 사물 사이의 간격이 좀 있어 보이지만 이것도 쉽게 유추될 수 있는 간격이다. 이렇게 김용호의 시는 문맥에서 길어 올리는 비유가 거의 쓰여지지 않고 있어서 비유가 겉도는, 비유를 위한 비유로 머물고 있음을 알 수 있다.

　　김용호 시 표현의 상투성은 신체시의 각련 대응 행에서의 음수율 일치5)라는 측면과도 맞닿아 드러났다.

　　　부우- ○ -

　　　航笛이 하늘 위에서 울면
　　　흩어진 구름도 모여 운다

　　　……港口의 표정은 슬프다
　　　幻燈처럼 비쳐
　　　움직이지 않는 얼굴

　　　갈대밭에 심는 물새의 不幸이
　　　내게도 있다

　　　끄-ㅁ 벅-

---

5) 李在銑 외 : 開化期文學論(1982. 형설출판사) p. 193 참조.
　　최남선의 「海에게서 少年에게」에서 드러나는 각련 대응 행에서의 음수율 일치를 다음과 같이 밝혔다.
　　후렴구를 뺀 음수율은 "3 · 3 · 5　　4 · 3 · 4 · 6　　3 · 3 · 5　　4 · 3 · 4 · 7　　3 · 3 · 5"(1연) 으로 총 6연
　　이 똑같이 대응되어 나타난다.

별이 하나씩 선창 위에 늘어서면
등대도 그리운 듯 외짝 눈을 끔벅인다

……港口의 마음은 고웁다
물결처럼 밀려와 내 마음을 미는 얼굴

짝지여 물을 쫓는 물새의 幸福이
내게도 있다

―「港口」

따옴시는 총 2단으로 1단이 4연, 2단이 4연으로 되어 있는데 구조는
각 단 대응련에서의 음수율이나 음보율 일치 현상을 보여준다.

제1단
1연　　2
2연　　3 · 2 · 3 · 2
3연　　3 · 3 · 3
4연　　4 · 2 · 3 · 2
　　　　　　　3
　　　　　　　2

제2단
1연　　2
2연　　2 · 3 · 4 · 4
3연　　3 · 3 · 3
4연　　3 · 4 · 3 · 3
　　　　　　　3
　　　　　　　2

1단과 2단을 구분하여 보면 위와 같다. 대응행에서 음수율이 일치
하거나 음보율이 일치한다. 그러니까 신체시가 갖는 형태적인 특징에

그대로 맞닿아 있는 것이다. 이 점에서 하나의 상투성이 될 터이다.

2) 관념과 심상 어울리기

　김용호의 시는 관습적인 비유나 속뜻이 뻔하게 드러나는 비유를
쓰고 있지만 편편마다 관념이 심상에 어울리고 있음이 눈에 띈다.

　　　　복수를 맹서한
　　　　그 사나이와 더불어
　　　　술을 나누고 싶은
　　　　이 마음

　　　　아물거리는 인생의 환영이
　　　　초ㅅ불보다 더 약한
　　　　이 밤

　　　　진땀 저진 내 생명을 얼그려
　　　　줄을 치는 거미 한 마리
　　　　　　　　　─「虛無」

　1연은 그대로 진술인데 2연과 3연에서는 관념이 최소한의 심상을
동반하고 있다. 2연에서 '초ㅅ불', 3연에서 '거미 한 마리'가 그것이다.
촛불이 아물거리는 인생에 포개지고, 진땀 저진 생명이 '거미 한
마리'에 포개진다. 촛불이 상투적이지만 거미 한 마리는 심상의 신선
도가 드러나고 있다. '생명을 얼그려 / 줄을 치는'이 심상의 구체성을
드러내 보인다. 감각과 관념이 함께 어울리고 있다 하겠다.

시 「로타리」는 관념과 심상이 보다 창조적인 관계로 어울린다.

> 들뜬 계집을 본받아
> 너는 군데군데 패물을 지녔다
>
> 가슴 한복판에 화살이 꽂힌 것을 보면
> 무척 네 사랑도 아팠던가 보다
>
> 뭇것이 귀찮게 조잘거리고 지나가도
> 거북처럼 모가지를 들이민채 꼼짝 않는다
>
> 하도 꼴보기 싫어 눈시울이 저리면
> 비웃음의 물총을 이따금 쏘아도 본다
>
> 팽이 돌 듯 뱅뱅 도는 네 마음은
> 뾰죽한 송곳을 가지지 않아도 좋다
> ―「로타리」

따옴시는 세태 풍자로도 읽힌다. 세상의 모습이 꼴보기 싫은 것이 구체적으로 드러나지 않지만, 로타리의 관점에서 바라볼 때 '귀찮게 조잘거린다'는 것이다. '들뜬 계집'이나 '화살', '거북', '물총', '송곳'이 비교적 관념을 낡지 않은 것으로 만들어 주고 있다. 단순한 시설물인 '로타리'에서 이 정도의 사물 캐기를 해낼 수 있다는 것은 결코 예사롭지 않아 보인다. 시설의 특징을 계집의 '패물'에다 비유한 것이라든가 시설물인 분수를 '물총'에다 비유한 것은 비유로도 성공한 것으로 읽힌다. 보조 사물이 사물로서 상상이나 감각을 일으켜내면서 관념에 어울리게 하는 것이 김용호 시의 한 양상임을 기억해 둘 필요가 있을 것이다.

3) 문명의식과 입체감

시집 「향연」 맨 앞에 있는 시가 「시그널」인데 제목에 외래어를 그대로 씀으로써 시인이 문명의식에 기울어져 있으리라는 예단을 하게 한다.

> 시그널
> 붉은 불 내 정열
> 푸른 불 내 한숨
>
> 포인트의 岐路
>
> 앗!
>
> 運命이
> 비웃었다.
>
> 線路곁엔 까마앟게 이렇게 써 있었다
>
> 「汽車를 조심하시요」
> ―「시그널」

따옴시는 신호등이라 해도 될 것을 '시그널'이라 하여 새로운 문명에 대한 친근감을 표시하고 있다. 거기다 '포인트'라든지 '汽車'를 동원하여 새로운 정서를 환기시켜 주고 있다. 말하자면 기존의 서정으로부터 새 시대의 감각으로 시인의 초점이 옮겨지고 있음을 확인시켜 준다 할 것이다.

또한 시 「逆說」에서는 제목에서 교양 드러내기를 보여주면서 시어로 '파라독스'를 그대로 쓰고 있다. 「孤獨」에서는 '스탠드', 「로타리」에서는 제목쓰기로, 「앨범」에서는 제목뿐만 아니라 '미이라', '동키호테', '피에로' 「寒想譜」에서는 '鐵路', '省線電車' 등을 써서 화자가 문명 속에 있음을 확인시켜 준다. 이러한 표현들은 시인이 이미 전통 공간에서 벗어나 새로운 문물이나 시대 속에 살고 있음을 표시하고 있다는 증거일 것이다. 말하자면 문명의식에 젖어 있음을 드러내고 있다는 것에 다름 아니다.

김용호는 이 문명의식에 이어 시에서 입체감을 드러내는 시편들을 썼다. 1920년대 후반의 정지용 시에 나타난 입체감[6)]의 접맥으로 읽힌다.

> ① 이동을 꾀하는 별은 즐거웁거늘
>
> 　　한 발자죽
> 　　한 발자죽
>
> 내 발ㅅ 걸음은 목맨 듯 무거웁다
>
> ② 파리한 내 얼굴에
> 　새겨진 네 이름
>
> 　　東.
> 　　西.
> 　　南.
> 　　北.

---

6) 정지용은 「슬픈 印象畵」나 「파충류 동물」 등에서 글자의 입체감뿐만 아니라 글자 배치에서 보여주는 입체감을 드러낸 바가 있다.

오가도
닿을 곳 없어

①은 「밤거리」 부분이고 ②는 「運命」 부분이다. ①에서는 "한 발자죽 / 한 발자죽"을 한 칸 안쪽으로 밀어 넣어서 걸어 나가는 모양을 입체적으로 보여준다. ②에서는 "東. / 西./ 南./ 北."을 한 행에다 한 방향을 배치하여 각 방향으로 뻗어나가는 개념을 입체화하고 있다. 정지용의 「슬픈 印象畵」나 「파충류 동물」에서 보여주는 고딕 글자로 틔게 하는 표현 같은 데는 없지만 강조와 긴장의 수법으로 행을 한 칸 안으로 밀어 넣는 형태 실험을 시도하고 있음이 주목된다. 이것은 그의 문명의식과 동렬에 놓이는 모더니즘적 접근으로 시가 당대의 실험의식에 접맥될 수 있다는 근거를 제시하는 단서이다.

4. 마무리

김용호의 첫시집 「饗宴」에 실린 편수는 25편으로 상대적으로 적은 분량이다. 그럴 뿐만 아니라 당시에 써 놓았던 작품마저 사정상 빠트린 편수가 적지 않았다. 첫시집이 나오기 4년 전인 1937년도에 시집 「洛東江」을 내기 위해 일제에 검열까지 받았지만 내지 못한 것이 확인이 되므로 첫시집을 그 무렵의 김용호 시편의 총화라 할 수가 없다 하겠다.

어쨌든 지금까지 논의한 바를 정리하면 다음과 같다.

1) 김용호의 첫시집의 세계는 두 가닥으로 드러나는데 하나는 '그대'의 부재에서 오는 그리움의 가닥이고 다른 하나는 이와 맞물려 드러나는 허무와 절망의 가닥이다.

2) 김용호의 시에는 속뜻이 쉽게 드러나는 관습적 비유들이 많이 등장한다. 비유가 낡았거나 의례적인 것이어서 시적 긴장을 드러내지 못하기도 하고 상상을 자아내는 데도 한계를 노출하기도 한다. 시 「港口」에서는 신체시의 형태특질을 보이기까지 한다.

3) 김용호의 시에는 제 기능을 다하지는 못하지만 거의 편편에서 심상 활용도가 높은 편이다. 시 「로타리」는 관념과 심상이 창조적으로 어울리고 있음이 눈에 띈다.

4) 김용호의 시는 문명에 대한 친근감을 보여 주기도 한다. 그러면서 정지용류의 입체적 형태를 보여 주는데. 이는 당대의 모더니즘적 흐름에 접맥되고 있음을 시사하는 것이라 하겠다.

일제강점기 김용호의 시세계

유 재 천(경상대학교 교수)

1. 서론

김용호(1912~1973)는 경남 마산 출생하여 마산상고를 졸업하고 1935년 동아일보에 「出帆」과 「入港」, 『新人文學』에 시 「내 사랑하는 여인아」, 「첫여름 밤에 귀를 기울이다」를 발표하면서 문단활동을 시작했다. 1937년 25세에 시집 『洛東江』을 간행하기 위해 검열까지 받았으나 간행하지 못하고 1938년 일본 명치대학 법과에 입학하던 해 『四海公論』에 장시 「洛東江」을 발표했다. 그 후 김대봉과 『貘』 동인으로 참여했고 1941년 29세에 동경에서 명치대 법과 졸업기념으로 첫시집 『饗宴』을 상재했다. 1943년에는 시집 『不凍港』을 간행하려 했으나 일제에 압수되는 우여곡절을 겪기도 했다.

8·15광복 후에는 주로 대학에서 시문학을 강의하면서 시작에 전념, 1973년 작고하기까지 『해마다 피는 꽃』, 서사시 『南海讚歌』를 비롯하여 『푸른 별』, 『날개』, 『衣裳洗禮』 등 6권의 시집을 간행하였고, 1974년 제자들에 의해 遺時集 『混線』, 1983년 10주기를 맞아 『金容浩詩全集』이 간행되었다.

지금까지 김용호의 시에 대한 연구는 단편적인 시세계의 조망이나 변모과정에 그치고 있고 시기별 특징이나 문학사적인 위치 등에 대한 본격적인 연구는 이루어지지 않았다. 기존의 김용호에 대한 평가도 허무의식이나 생활의식 등에 맞춰져 김용호 시세계의 특징을 체계적으로 밝히는데 한계를 보여주고 있다.

일제 강점기 김용호의 시는 30년대 일제의 수탈과 유이민 현실에 대한 강력한 관심을 드러내고 있다. 그러나 지금까지 연구에서 이러한 부분들은 소홀하게 다루어져왔고 30년대 문학사에서 제대로 언급되지 못하고 있다. 이 글은 김용호의 일제 강점기 시에 대한 분석을 통해 김용호 시의 지향점과 시세계를 밝히려는 의도에서 씌어졌다.

2. 1930년대 현실과 유랑민

1930년대는 1920년대 동양척식회사를 기반으로 한 토지수탈에서 한걸음 더 나아가 본격적인 대륙침략전쟁을 수행하기 위한 병참기지화정책이 진행되던 시기였다. 병참기지화 정책이란 글자 그대로 전쟁수행을 위한 모든 물자와 인적 자원을 한반도에서 조달키 위한 정책이다. 일제의 가혹한 수탈로 인해 우리 민족은 극심한 궁핍에 직면하고 고향을 등지고 만주나 일본 등지로 떠날 수밖에 없었다. 20년대 이후 증가 일로에 있던 유랑민은 30년대 일제의 집단이민 정책으로 해방 전까지 중국으로 떠난 이주민만 200만에 이르는 것으로 알려지고 있다. 한마디로 30년대는 유랑의 시대라고 할 수 있는 시기였다.

　　김용호의 초기시들은 이러한 민족현실을 바탕으로 하여 일제 말기 민족 현실을 서사적으로 그려주고 있다는 점에서 동시대 이용악과 비교되는 시인이다. 이용악이 두만강을 넘는 유랑민들의 비참한 현실을 북방정서로 승화시켰다면 김용호는 낙동강을 중심으로 삶의 터전을 버리고 떠날 수밖에 없었던 당대 현실과 떠난 이들에 대한 그리움을 서사적으로 노래하고 있다는 점에서 차이가 있을 뿐이다.

> 비스듬이 드러 누워
> 기차가 산모랭이를 지나면
>
> 거기에 꼬마손의 마을이 보이고
> 그 속에 어머니가 보이고
>
> 별은 가난을 안은 채
> 진물 나는 흠집을 갖고 북쪽에 흘러
>
> 눈 나리면 낯설은 사이에도
> 함께 나누이는 슬픔
>
> 얄루강을 넘어 서면
> 콧물도 간간이 짜
>
> 우충충한 층계를 나려오는 하늘이
> 설레이는 마음과 어울려
>
> 백알을 마신 듯
> 가슴이 찌르르 하더라
> 　　　　　　　　—「만주가는 길」

「만주가는 길」은 30년대 북으로 떠나는 이들의 모습을 담고 있다는
점에서 김용호 초기시의 지향점을 잘 보여주는 시이다. 화자는 경의선
열차를 타고 국경을 넘어 만주로 가는 찻속에 있다. 기차가 산모랭이
를 지날 때마다 차창 밖으로 옹기종기 꼬마 손처럼 모여 있는 작은
마을들이 안타까운 기억처럼 나타났다 사라지고 그 속에 고향에
두고 온 어머니의 모습도 어린다. 기차에 타고 있는 사람들이 제각각
상처를 안고 있는 것처럼 가난한 별도 흠집을 안은 채 북쪽으로
흐르는 듯하다. 눈 나리면 모르는 사람들끼리도 슬픔도 같이하는
따뜻한 풍경도 보인다.

5연의 "얄루강을 넘어 서면/ 콧물도 간간이 짜"라는 표현에서 보이
는 것처럼 눈물을 애써 참아내려는 아픈 마음들이 드러난다. 얄루강은
압록강의 다른 이름으로 조국과 타국을 갈라놓는 경계선이다. "우중
충한 층계를 나려오는 하늘"은 국경을 넘는 사람들의 암담한 심정을
잘 드러내주고 있다. 일제의 손아귀에서 벗어날 수 있다는 설레임과
미지의 세계에 대한 두려움, 다시는 돌아올 수 없다는 복잡한 심정이
교차되면서 백알을 마신 것처럼 가슴을 저리게 만드는 것이다.

  북쪽
  하늘에
  눈비가 새면

  그대 간 곳
  꿈처럼 졸려

  떳다

감았다
등ㅅ불도 서러운데

눈길 위에 새겨진
옛 추억

가랑잎 되어
내 마음에 날리다
　　　　　　　—「追憶」

-그 밤은 우리들의 十字路더냐 옥아 ! 그리운 옥아 !-

　언제 왔다/ 언제 갔느냐/ 너는/ 소복 소복 쌓인/ 네 순정의 눈길
위로/ 내 사랑의 썰매가/ 남모르게 달리 전에// 온줄도 모르게/ 간줄도
모르게/ 너는/ 아무 말이 없이 떠났다/ 너는/ 아무것도 남기지 않고
떠났다// 그 밤은 우리들의 十字路더냐/ 옥아/ 그리운 옥아 !// 와도
가도 너는 슬픈 양 고개가 무거웠고/ 가도 와도 너는 외로운/ 말이
없었다// 어푸러진 너 나의 삶이/ 마디 마디 슬픔을 안고/ 삽사리처럼
뒤궁굴러/ 주고 받은 말이 없고/ 다시 온단 말이 없이/ 묵묵히 헤어진
지 이미 다섯해// 그리운 옥아 ! 듣고 싶다/ 내게 들려주려던/ 그
말을// 돌아온 그날 밤/ 눈 오는 오늘 밤// 호야불마저/ 네가 그리워/
쐐—하고 우짖는/ 이 밤// 파고/ 파고/ 또 파고—// 네 가슴 속 깊이
감추고간『그 말』을 파기에/ 머—ㄴ 숲에서 내 思念은 잠을 못잔다
외로운 이밤

　　　　　　　　　　—「別離」

　「追憶」,「別離」는 30년대 유랑기의 민족 현실을 간접적으로 드러
내주고 있는 시이다. 「追憶」에서 그리움의 대상은 북으로 떠난 여인
이다. "눈비가 내리면"이 아니라 "눈비가 새면"이라는 구절은 그리워
하는 대상의 궁핍한 모습을 짐작케 해준다. 고향을 등지고 이국땅을
떠도는 사람들에게 눈비를 가릴 만한 집이 있을 리 없다. 시의 화자는

눈비가 내리는 날 일제의 수탈을 견디지 못해 고향을 등지고 북으로 떠나간 사람을 생각하고 눈비가 새지는 않는지 안타까운 마음을 보여주고 있는 것이다.

「別離」 역시 눈 내리는 밤 북으로 떠난 사람을 그리워하는 시이다. "어푸러진 너 나의 삶이/ 마디 마디 슬픔을 안고/ 삽사리처럼 뒤궁굴러", "온줄도 모르게/ 간줄도 모르게/ 너는/ 아무 말이 없이 떠났다"에서 보이는 것처럼 이별의 밑바탕에 가난이 자리잡고 있음이 드러난다. 궁핍을 이기지 못해 사랑하는 사람에게마저 온다 간다는 말 한마디 남기지 않고 야반도주할 수밖에 없었던 이별의 아픔이 이 시의 바탕에 놓여 있다.

김용호의 초기시에서 눈오는 날 사랑을 그리워하는 내용이 많은 것은 사랑하는 대상이 북으로 간 사람이기 때문으로 짐작된다.

두 시는 표면적으로 사랑하는 사람에 대한 그리움을 통해 고향을 등지고 북으로 떠날 수밖에 없었던 30년대 우리민족 현실을 보여주고 있다.

3. 민족 서사시 「낙동강」

「낙동강」은 본격적으로 일제의 수탈과 유민화 현상을 서사적으로 노래하고 있는 시이다.

1연은 민족의 보금자리로서 낙동강에 관한 이야기로 시작된다.

굽이굽이 칠백리 낙동강 품속에서 우리 살림살이는 시작되었고 그 강과 더불어 영원히 살고자 오목조목 산비탈마다 깃발처럼 터를 꾸몄다. 낙동강은 민족의 요람이었고 보금자리였으며 온갖 꿈과 추억이 담긴 장소였다.

2장에서 이러한 낙동강의 모습은 변하기 시작한다.

일제의 수탈로 호랑 따딱 할부지는 어딘 줄 모르게 떠나버렸고 사공 한룡이의 뱃노래는 "저 건너 갈미봉"에서 "아이다사 미사다"로 바뀌어간다. 민족의 신화와 삶, 노래를 안고 흐르던 낙동강이 일본 노래가 흐르는 강으로 변화되고 있는 것이다. 그 속에서 어린 화자는 어머니의 한숨 소리를 듣는다.

3장에서는 일제의 수탈의 상징인 철로가 놓이고 낙동강변을 낙원처럼 철없이 뛰놀던 어린 아이들까지 생계를 위해 지게를 지고 노동에 나설 수밖에 없는 슬픈 현실을 노래한다.

4장에서는 들판에 일제의 토지조사사업 깃발이 박히고 흙구루마에 영이와 풀싸움하던 언덕도 짓밟히고 만다. 또한 마을의 수호신 격인 귀신이 산다는 은행나무도 목이 잘려나가고 이러한 시세의 변화에 따라 노래 중에서도 옳지 못한 노래, 일제의 가요가 낙동강을 타고 흐른다.

5연에서 시인은 오리온별을 바라보며 꿈을 키우던 시절을 생각하며 그것이 허구였음을 탄식하고 있다. 오리온별은 등대와 같이 우리의 앞길을 밝혀주고 미래를 약속하는 별이었다. 그러나 오리온별이 가리켜주고 약속했던 것들은 이제 영원한 동경에 지나지 않았다고 말하고 그것을 믿어온 우리는 얼마나 착하고 어리석은 무리였느냐고 묻는다.

6연에서는 화자는 우리는 어떤 고난과 시련 속에서도 절망하지 않았다. 그것은 낙동강만은 끝까지 우리를 지켜줄 것이라고 믿었기 때문이라고 말하고 있다. 그러나 그 희망마저 한순간에 허무하게 무너질 운명이었다는 것을 가슴을 천만번 뜯어도 알 길이 없었다고 말하고 낙동강이 노아의 주구가 되고, 폭군 네로가 되어 백성들을 수탈할 줄 꿈에도 몰랐다고 탄식한다.

7연에서 화자는 그럼에도 불구하고 낙동강이 우리에게 주는 폭위는 하나의 큰 시련에 불과 하였을 뿐 낙동강은 참새 한 마리도 상하지 않았다, 더구나 우리의 생명을 짓밟기엔 네 힘이 너무나 약하였다고 말한다. 그리고 시련을 통해 사무치는 원한과 절망의 구렁텅이에서 다시 털고 일어설 하나의 신념을 찾았다고 말한다.

그리고 구름은 한갓 하늘을 떠돌기만 하는 유랑민은 아니었고 갈망과 추구의 생명의 깃발을 싣고 설계하고 건축하고 마음에 들지 않으면 탐구의 이동을 꾀하는 지혜롭고 자유스런 하나의 생명이 아니었느냐고 묻고 구름처럼 떠도는 우리의 역시 절망하지 말고 지혜롭게 현실을 헤쳐 나가야 하지 않느냐고 묻는다.

8연에서는 낙동강을 등지고 떠나는 이야기이다. 아직 봄이 오기도 전 우리는 숟가락 몇 개, 바가지를 차고 구름이 깃들은 고향 북으로 구름의 의도를 따라 간다고 말한다.

쇠마차 타면 서울 구경할 수 있다고 소원하던 할머니 어머니를 부르며 그렇게도 소원하던 쇠마차가 철교를 굴러 달려오고 있는데 왜 그렇게 굳고 차고 어두우냐고 묻는다.

9연, 10연에서는 삼월 삼짇날이면 강남 갔던 제비가 박씨를 물고

어김없이 찾아오던 때가 그 언젠가. 용 못된 강철이가 산다는 바위가
영원을 이야기했던 그 때가 언젠가? 낙동강아 왜 말이 없느냐, 너의
슬픔은 무엇이고 기쁨은 무엇이냐고 묻는다.

　전체 10장 197행으로 되어 있는 「낙동강」은 민족의 젖줄인 낙동강
을 등지고 떠나는 화자의 비탄에 찬 목소리를 통하여 일제의 수탈과
민족의 유민화 과정을 서사적으로 그리고 있다는 점에서 당대 다른
시인들이 갖지 못했던 김용호의 뚜렷한 역사의식을 보여준다고 할
수 있다. 민족의 보금자리 낙동강이 일제의 침략과 수탈로 변해가고
어린 아이들의 낙원이 짓밟히며 낙동강을 타고 흐르던 민족의 노래마
저 일본식으로 바뀌어가면서 낙동강은 더 이상 민족의 젖줄이 아닌
일제의 강이 되고 만다. 시인은 「낙동강」에서 철도부설과 토지조사사
업 같은 굵직굵직한 식민정책을 삽입시켜 그 곳을 떠날 수밖에 없는
비통한 심정을 사실적으로 노래하고 있다.

3. 낙원상실과 유랑의식

　앞서 30년대는 유랑의 시대라고 이야기했지만 이 시대는 유랑의
시대면서 고향이 없는 낙원상실의 시대라고 할 수 있다. 일제의 침략
과 식민지 정책으로 인해 세계는 급격하게 낯선 세계로 변해 버렸고
그 속에서 존재는 이방을 떠도는 나그네가 될 수밖에 없었다. 토지수
탈로 인해 농민들이 떠나고 난 자리에 일본인들이 이주해 들어오고

일제의 산업시설과 건물, 문화가 물밀듯이 쏟아져 들어오기 시작한
다. 이러한 변화 속에서 우리 민족의 삶은 극도로 피폐해지고 이질화
된 세계 속에서 우리는 세계의 주인이 아닌 나그네로 전락하게 된다.

> 초가 지붕위에
> 仁丹 광고가 누어있고
>
> 오누이의 이야기는
> 슬픈 전설이 되어
> 전신줄 위에서
> 엉 엉 울고 있었다
>
> 낮설은 마을이
> 크작게 다가져와
> 한결 내 마음은
> 외로웠고
>
> 외딴 들길이 무덤처럼 찬
> 적막을 불러
> 두 갈래진 내 網膜이 어두울 때
>
> 갈 곳 없어 주춤한
> 旅愁는
> 산비탈 양지쪽에서
> 호들 호들 떨고만 있었다
> ―「車窓 밖」

　「車窓 밖」은 급격하게 이질적인 세계로 변해가는 당시 상황과
그 변화 속에서 나그네로 전락할 수밖에 없는 우리 민족의 모습을
잘 보여주고 있다.

　인단(仁丹)은 일본 모리시타진단(森下仁丹)에서 1905년부터 만들어 팔기 시작한 구중청량제를 말한다. 후에 이를 본따 우리나라에서는 은단(銀丹)이 나왔다. 일제 강점기 인단, 아지노모도, 맥주 등 많은 일본 상품의 광고가 일간지에 자주 실리곤 했다. 중일 전쟁 후에는 '국민정신총동원', '군민일여(軍民一如) 거국적 국가보국(報國)', '장기전(長期戰)에 준비하자', '중지(中支)에도 남지(南支)에도 황군(皇軍)의 기(旗)빨이 휘날리게'라는 문귀가 담긴 인단(仁丹)광고, 아지노모도 광고, 모리나가건빵 광고, 멘소레담 광고 등 전쟁을 독려하는 광고들도 나왔다.

　「車窓 밖」에서 지붕 위의 인단 옥외광고는 일제가 한반도를 일제의 상품 시장화하려는 이러한 시대상을 반영하는 상징물로 제시되고 있다. 수탈의 상징인 인단광고는 초가를 짓누르고 그 밑에서 전통적인 우리 삶의 모습인 따뜻한 오누이의 이야기는 전설이 되어 사라져 버리고 만다. 차창에 비친 풍경 또한 낯익은 마을이 아니라 일제가 새로 지은 건물들이 들어선 낯선 풍경을 보여는 것처럼 보인다. 일제의 수탈로 고향을 등지고 떠난 마을 외딴 길들은 죽음처럼 적막에 놓여 있다. 세계는 이질적인 낯선 세계로 변해 버렸고 시인의 여수는 갈 곳을 잃은 채 오들오들 떨고 있다.

　「車窓 밖」은 낯선 세계로 변해 버린 식민지 사회에서 이방을 떠도는 나그네가 될 수밖에 없는 자아를 보여준다. 김용호의 초기시는 유랑의식이 짙게 드러나는데 이러한 유랑의식의 밑바탕에는 이 세계 자체가 이미 낯선 세계로 변해버렸고 그 속에서 자아는 전망을 상실하고 허무와 좌절에 빠질 수밖에 없었기 때문으로 보인다.

밥 한숟갈에도
눈물이 고였다

물 한모금에도
설움이 어렸다

눈물을 삼키고
설움을 마시고

문득
푸른 산 저 넘어
고향 하늘이 그리워

좁은 골목을 나서며
나는 휘파람을 불었다
　　　　—「상밥집」

　「상밥집」은 김용호의 유랑의식을 드러내주는 대표적인 시이다. 화자는 고향을 떠나 나그네길에 있는 사람이다. 그러나 그 나그네길은 평범한 여행길이 아니라 극도의 궁핍 속에서 끼니조차 잇기 힘든 유랑길에 가까워 보인다.

　상밥집에서 밥상을 앞에 놓고 목이 메어 차마 넘기지 못하는 화자는 참으로 오랜만에 밥상을 마주하고 있는 것처럼 보인다. 밥상을 마주하고 화자는 산 너머 고향을 떠올리는데 고향은 화자에게 상실된 낙원이다. 낙원으로부터 추방되어 식민지 백성으로 누추한 거리를 헤매면서 마주한 밥 한 숟가락, 물 한모금은 빼앗긴 세계에 대한 생각으로 화자에게 설움 그 자체로 목이 메이게 하는 것이다.

　낙원으로부터 추방된 존재로서 시인에게 자신은 방랑자나 다름없는 존재로 인식된다.

곱아떨어진 내 생명은
벌써 영원을 비웃고
구름함께 放浪의 지팡이를 짚었다
      <중략>
지나간 그날이 괴롭거늘
닥쳐온 오늘이 쓰리거늘
닥쳐올 앞날이 어둡거늘

성문 닫친 내 생명은
벌써 허무를 불러
무덤 위엔
할미꽃이 피었다
          —「幻影」일부

「幻影」에서 시인은 스스로를 아무런 전망도 없는 "성문 닫힌 생명"으로 표현하게 한다. 지난날도 괴로웠고 오늘 또한 쓰리며 닥쳐올 앞날 또한 어둡기 짝이 없는 고통스러운 현실 은 시인으로 하여금 영원을 부정하고 허무와 좌절에 빠질 수밖에 없도록 만들고 스스로를 방랑의 지팡이를 짚고 낯선 세계를 절름거리는 방랑자로 인식하게 하는 것이다. 이러한 좌절감은 책상과 같은 시에서도 두발마저 없는 앉은뱅이가 되고 싶다고 절규하게 한다.

비웃음을 아는
네 발 난 동물이로다

누구의 상처를 되 받아

군데 군데 멍이 들었느냐?

찢긴 인간의 비극이
네 등어리를 걸라

이젠 버티다 버티다 못해
한쪽 다리가 절름거리는구나

그래도 나는
네가 부럽다

가는 곳마다
자국이 저려
두발마저 없는 앉은뱅이가
나는 되고 싶구나
—「책상」

　「책상」은 상처투성이인 책상을 통해 절망적인 상황을 이야기하고 있는 시이다. 책상은 상처난 인간의 횡포에 의해 군데군데 멍이 들고 등어리가 갈라져 흠집투성이다. 버티다 못해 다리까지 절름거리고 있다. 그러나 시인은 오히려 이런 책상이 부럽다고 말하고 있다. "가는 곳마다/ 사국이 저려"에서 보이는 것처럼 시인의 삶은 책상처럼 상처투성이요 고통의 연속일 뿐이다. 희망이란 어디에도 없다. 내딛는 자국마다 절망과 고통이 기다리고 있을 뿐이다. 이러한 상황은 시인으로 하여금 책상처럼 두발마저 없는 앉은뱅이가 되고 싶다는 절망감을 드러내게 한다.
　그러나 전망이 없는 극한적인 상황이 시인으로 하여금 허무주의에 머물게 하는 것은 아니다. 「간다 거리에서」나 「無題」 같은 시에서 시인은 허무와 절망에 굴복하지 않고 군건한 저항의식을 보여주고 있다는 것은 그것을 증명한다.

제법 산듯하게 입맛을 다시며
김치 깍두기 마늘 냄새를 풍겨
나는 간다 거리를 지내간다

고추가루 잎 하나 둘 쯤
잇발에 붙어 있어도
무어 그렇게 부끄러워할 건 없다

흔히 때를 그냥 넘기는 날이 있어
몸 무게는 백근을 훨씬 줄어 들어도
내 의욕은 까딱않는 천근의 무게다

쩔렁거리는 두어푼 은전과
지폐처럼 소중이 간직한 전당표와
누구에게도 빼앗기지 않을 분노를 품고
뼈속 저리는 이 거리를 걸어 간다

문득 고향이 눈썹에서 삼삼거리면
「센진」으로 태어나 팔짜에 혹이 달려

오늘도
내 노오트엔
피가 되어 읽혀지는 글이 있다
                    ─「간다 거리에서」

　「간다 거리에서」는 일본 유학시절 김용호의 궁핍한 면모와 그 속에서도 스스로를 포기하지 않으려는 의지를 읽을 수 있게 해주는 시이다. 간다는 에도시대 무사들의 주택가가 있었던 곳으로 명치유신 이후에는 명치대학, 일본대학, 중앙대학 등 대학가가 들어서고 상공업 거리는 도쿄의 대표적인 도매상가를 이루고 있는 곳이다.

간다는 일제에게 나라를 빼앗긴 식민지 조선인에게는 그야말로 뼛속 저리는 거리일 수박에 없다. 끼니조차 제대로 잇지 못하는 극도의 가난 속에서도 시인은 조선인이라는 핍박, 멸시 속에서 일제에 대한 분노만은 빼앗기지 않으려고 간다 거리를 걷는다. 김치, 깍두기, 마늘 냄새를 풍기고 고춧가루 잇발에 붙어 있어도 부끄러울 것이 없다는 표현에서 의도적으로 일본 사람들의 멸시를 유도함으로써 조선인으로서 자신의 정체성을 지탱하고자 하는 의지와 저항의식을 보여준다.

> 굶주리고 헐벗은 내 청춘이l 이윽고 막다른 골목에서 피를 토하면/ 나는 서슴치 않고 臨終을 불러/ 생명의 제단 위에 향불을 피우리니// 호젓한 주검이 이끄는 성문 위에/ 영혼의 세례를 알으키는 종소리// 내 눈은 빛나는/ 하늘의 아들이였거니/ 다시 돌아가/ 귀여운 재주ㅅ덩 이 샛별이 될터이고// 내 귀는/ 밤마다 벌어지는/ 장엄한 노래를 들으려 / 향긋한 森林에서/ 토기의 褶性을 배우리니// 그러면/ 내 입아 !/ 너는/ 바다로 가라// 통쾌하지 않은가/ 바닷물결은/ 토막 토막 잘라진 내 청춘이/ 사시나무 떨 듯 치움에 떨어/ 열린 채 아무린 내 입// 오 !/ 千萬年 고함칠/ 바다ㅅ물결// 그는 닫혔던/ 내 입의 아우성이니/ 끝까지 쉬지 않을/ 아우성이니// 버림받은 내 생명은/ 그때// 하늘에서/ 森林에서/ 바다에서/ 내/ 이루지 못한 영원을 이루리니// 새삼스리 나는 기록해둘 유서가 없고/ 쾨쾨한 墓碑銘을 새겨둘 어리석음도 없다
>
> —「無題」

「無題」는 눈과 입과 귀를 닫고 죽음처럼 살아야 했던 비극적인 일제 강점기의 우리 민족의 삶의 모습을 보여준다. 입이 있어도 말을 하지 못하고 귀가 있어도 들어서는 안 되며 눈이 있어도 보지 말아야 하는 삶은 죽음 그 자체이다. 시인은 그러한 세계 속에서 자신의 삶을 "토막 토막 잘라진 내 청춘"으로 묘사하고 있다.

이러한 세계에서 시인은 자신이 죽으면 눈은 하늘의 샛별이 되고 귀는 밤의 장엄한 소리를 들으려 토끼의 습성을 배우고 "사시나무 떨 듯 치움에 떨어/ 열린 채 아무린 내 입"은 바다로 가서 천만년 고함칠 바닷물처럼 아우성쳐 영원을 이룰 것이라는 이야기를 통해 죽어서도 강압적인 이 시대와 맞서겠다는 결연한 의지를 보여준다.

4. 결론

지금까지 일제강점기 김용호의 시를 살펴보았다. 김용호의 초기시는 30년대 일제의 수탈로 인해 고향을 등지고 만주 등지로 떠나는 유랑민들에 관한 이야기와 남은 사람들의 떠난 이들에 대한 안타까운 심정을 노래하고 있다. 김용호 시의 이러한 특징은 같은 시대 두만강을 넘는 유랑민들의 비애와 아픔을 그린 이용악의 시에 비교되는 시적 성과로 평가된다.

특히 「낙동강」은 일제의 토지조사사업과 철도부설 등으로 인해 민족의 젖줄인 낙동강이 일제의 강으로 변해가는 모습과 일제의 수탈을 견디지 못해 북으로 유랑을 떠나는 화자의 비탄에 찬 목소리를 통해 당시 민족현실을 서사적으로 그려준 작품으로 평가된다.

　이러한 일제의 수탈에 대한 묘사와 더불어 김용호 시는 일제의 식민정책으로 인해 이질적으로 변해버린 세계 속에서 유랑자의 처지로 전락한 우리 민족의 현실을 그려내고 있다. 일제강점기는 낙원으로서의 고향에서 추방된 낙원상실의 시대라고 할 수 있다. 우리 민족은 낙원으로부터 추방되어 이방을 떠도는 나그네가 될 수밖에 없었다. 김용호의 시는 이러한 낙원에서 추방된 존재로서의 우리 민족의 좌절과 분노, 저항의식을 유랑의식을 통해 드러내주고 있다.

1950년대 김용호 시 연구
─ 전쟁 체험의 형상화 방식을 중심으로 ─

김 신 정(연세대학교 교수)

I. 서론

김용호는 1935년 동아일보에 「출범(出帆)」과 「입항(入港)」을 발표하면서 작품 활동을 시작하였다. 같은 해『신인문학(新人文學)』에 「첫 여름밤 귀를 기우리다」와 「쓸쓸하던 그날」을 발표하였고, 1941년 첫 시집『향연(饗宴)』을, 1948년에는『해마다 피는 꽃』을 간행하였다. 전쟁 이후에는『푸른 별』(1952),『날개』(1956),『남해찬가』(1957) 등의 시집을 상재하였다.

식민지 시대에서 1960년대에 이르기까지 근 30년의 작품 활동에도 불구하고, 김용호의 시는 한국문학사에서 크게 주목받지 못했다. 1930년대에는 다른 신진 시인들- 서정주, 백석, 오장환, 이용악 등에 비해 상대적으로 작품 활동이 두드러지지 못했으며 50년대 시단의 주류를 이룬 전통서정시와 모더니즘 시 가운데 어느 유파에도 포함되지 않았다는 사실은 그에 대한 문학사적 평가에 주요한 조건으로 작용했다. 1950년대 시에 대한 비평문, 논문, 문학사적 서술의 경우, 대체로 전통 서정성과 모더니즘, 풍자성에 대한 논의로 집중되며, 이 세 가지 유형에 뚜렷하게 포괄되지 않는 작품이 주요 논의 대상에 포함되는 경우는 드물었다. 또한 30년대에 등단한 서정주, 유치환, 조지훈, 박두진, 박목월 등의 시인들이 문단의 원로로 활약하고, 김춘수, 김구용, 전봉건, 김종삼 등의 새로운 시인들이 등장한 상황에서, 원로도 신진도 아닌 시인 김용호의 시가 큰 주목을 받기는 어려운 현실이었다.

시인 당대(當代)의 이같은 조건은 이후 김용호 문학에 대한 평가에 적지 않은 영향을 끼쳤다. 지금까지 이루어진 김용호 시 연구는 주로 작가론에 집중된다. 김용호 시세계의 변모과정과 통시적 분석에 초점을 맞춘 연구,[1] 생활의식, 서민의식, 역사의식 등 시인의 주제 의식을 규명한 연구,[2] 시인의 아이덴티티 형성에 주목한 연구[3] 등으로 분류해 볼 수 있다. 김용호 시에 관한 기존 연구는 김용호 시의 주요 특징과 변모 과정을 규명하는 데 도움을 주었다. 그러나 시인 김용호에게 작용한 사회·역사적 조건과 문단의 현실, 문학사적 조건 등은 여전히 주요한 고려 대상이 되지 않고 있다. 1930년대 중반에 등단해 해방 후에서 50-60년대에 이르는 시인 김용호의 이력은 한국 현대사의 역사적 격변기와 동일한 시기에 놓인다. 또한 순문예지, 종합지 등의 발간과 신인 추천제 등으로 한국 시단이 급속하게 재편되는

---

1) 김해성, 「김용호론」, 『한국현대시인론』, 금강출판사, 1973, 이성교, 「김용호 연구」, 성신인문과학연구소, 『연구논문집』 7집, 1974 등이 이에 해당된다.
2) 김해성, 위의 논문; 송하섭, 「서민의식의 확대와 승화 - 학산의 시 세계에의 접근」, 『국문학논문집』, 5·6호, 단국대, 1972; 김남석, 『현대시인론』, 서음출판사, 1977; 김상배, 「역사적 현실과 시적 자아 - 김용호론」, 『단국대학교 논문집』 12, 1978 등이 이에 해당된다.
3) 문덕수, 「김용호 시 연구」, 『시문학』, 1984; 정태용, 「김용호론」, 『현대문학』, 1970.12; 김지은, 「김용호 시 연구 - 시적 주체의 아이덴티티 탐색 과정을 중심으로」, 서강대 석사논문, 2003 등이 이에 해당된다.

상황은 김용호 시의 창작 및 발표 과정과도 적지 않은 연관성을 맺고 있다.

이같은 상황을 고려하여 본고에서는 김용호의 시세계를 1950년대에 제한하여 연구하고자 한다. 본고에서 특히 50년대에 집중하는 이유는 시 창작의 개인적·사회적 조건을 모두 고려할 때 이 시기가 김용호의 이력 가운데 가장 주목되어야 할 시기라는 판단에 있다. 우선 1950년대는 시인으로서 김용호의 활동이 가장 활발했던 시기이다. 이 시기 그는 세 권의 시집을 출간했고, 신문과 잡지에 시평과 수필을 발표했으며『시문학원론』등 여러 편의 문학 관련 편저서를 간행하였다. 이외에 본고에서 무엇보다 50년대 문학에 초점을 맞추는 가장 중요한 이유는 한국 전쟁과의 관련성에 있다. 그의 전체 시세계의 핵심을 이루는 50년대 시에는 전쟁 체험 및 전후 시단의 형성 과정이 긴밀히 연루되어 있기 때문이다.

1950년대의 사회·문화적 조건은 한국 전쟁의 영향으로부터 자유로울 수 없다. 한국 전쟁은 정치, 사회, 문화, 경제적인 면에서 50년대와 이후의 한국 사회 형성 과정에 직접적인 기원의 하나로 작용한다. 일제 식민지 이후 지속되어 온 국민국가 건설의 방향을 둘러싼 갈등과 대립의 연장이며, 한반도에서 미·소의 분할 점령으로 구체화된 세계적인 냉전 구조의 귀결이자, 미국의 반공기지 구축의 산물4)로서, 한국 전쟁은 1950년 이후 한국 사회의 반공주의 이데올로기의 구성과 자본주의 체제의 형성 과정에 결정적인 영향을 미친다. 한국 전쟁의 파장은 비단 한반도 정치 상황이나 경제 체제에 그치지 않는다. 전쟁

---

4) 김동춘,『전쟁과 사회 - 우리에게 한국 전쟁은 무엇이었나?』, 돌베개, 2006, 36쪽.

은 그와의 관련성 정도와 상관없이, 거기에 연루된 사람들의 일상을 근본적으로 뒤바꿔놓았다.

1950년대 시단과 시인들의 경우에도 사정은 이와 다르지 않다. 해방과 분단, 전쟁으로 이어지는 문학사의 단절과 공백, 반공주의 이데올로기의 자장(磁場) 안에서 보수 우익 중심의 문단 재편 과정, 그리고『현대문학』,『자유문학』등 순문예지의 발간과 추천제도, 출판 시장의 형성 등으로 근대적인 문학 제도가 구축되는 과정은 기본적으로 한국 전쟁이 미친 영향권 내에서 작동하고 있다. 50년대의 시인들은 시인으로 '추천'을 받아 등단하고, 시를 써서 문예지에 '발표'하며 또한 시집을 간행해 출판시장에 내다 '파는' 일련의 제도 적 절차를 수행한다. 전쟁은 문학 제도의 작동 방식 뿐만 아니라 작품세계의 구현 과정에도 직접적인 영향을 미친다. 식민지 시대 등단 시인인 서정주, 해방기 등단 시인인 박인환, 그리고 전후 시인인 김구용 등 등단 시기를 초월하여, 50년대의 많은 시인들이 직·간접 적인 방식으로 전쟁 체험의 형상화에 집중하였다.

본고에서 다루는 김용호의 이력과 작품 세계 역시 한국 전쟁과 긴밀한 관련 하에 있다. 김용호의 경우, 해방 직후의 이데올로기적 갈등 과정에 개입되는 정치적 이력[5]으로 인해 전후의 보수 우익 중심의 문단 재편 과정에서 주변화되었다.[6] 특히, 그가 해방 직후에

---

5) 김용호는 해방 후 '조선문학가동맹'에 가입하여 활동하였고, 정부 수립 이후에는 '국 민보도 연맹'에서 주최한 행사에 참여하였다. 예를 들어, 한국문화연구소 주최 민족 정신앙양 종합 예술제, 국민보도 연맹에서 주최한 제1회 국민예술제전에서 시를 낭독 했다는 기록이 남아 있다. (『서울신문』, 1949.12.4, 『서울신문』, 1950.1.8. 기사 참조.)

6) 이 시기의 김용호에 대해 정재호의 다음과 같은 기록을 참조할 수 있다. "그는 문단 에서나 직장에서나 외롭게 지냈다. 문단에서는 전향자라고 해서 서먹서먹하게 여겼

짧은 기간 동안이나마 좌익 문학 단체에서 중심적으로 활약한 이력은 전후의 반공 체체 하에서 운신(運身)의 폭을 제한하였을 것이다. 그러한 그 역시 50년대 문학 제도의 형성권 안에서 활동하며, 전쟁이 가져온 삶의 변화와 파장을 시적으로 형상화한다. 따라서 본고에서는 전후 체제와 전쟁 체험의 의미화 방식에 초점을 맞추어 김용호 시세계 의 특징을 규명하고자 한다. 50년대에 출간된 그의 시집은 양식에 따라 크게 두 가지로 분류할 수 있다. 서정시집인『푸른 별』과『날개』, 그리고 서사시집인『남해찬가』가 그것이다. 각각 두 가지 양식에서 전쟁 체험의 형상화 방식이 어떠한 특성으로 구현되며, 그러한 특성이 전후의 사회·역사적 상황 및 문단·문학사적 조건과 어떠한 관련을 맺고 있는지 탐구하고자 한다.

Ⅱ. 개체적 자아와 전쟁 체험의 보편성

전쟁으로 시작된 1950년대는 한국 사회의 총체적 혼란기로 요약된다. 한국 전쟁은 정치·경제 구조와 사회 기반 시설 등 물리적인 면에서 사회 전체를 황폐화시켰을 뿐만 아니라, 개인의 일상을 파괴하며 극한의 정신적 상처를 안겨주었다. 정치적 불안과 경제적 곤란은 전쟁기 인간의 삶을 초토화시키는 객관적 요인이지

고, 직장에서는 오랜 시간강사 노릇을 했기 때문에 보따리 장수처럼 동분서주해야 했다. 그래도 그는 남을 미워하거나 원망하지 않고 그 외로움을 혼자 달랬었다."(정 재호, 「인정의 막걸리 사발」,『시문학』171호, 1985.10. 23~4쪽)

만, 전쟁을 낳은 근대 문명과 인간성 자체에 대한 회의는 그 무엇보다도 인간 정신을 혼란으로 몰고 가는 제일의 요인이라고 할 수 있다.

전쟁 체험으로 인한 물리적·정신적 상처로 인해 1950년대 시의 시적 주체는 일정한 특징을 갖는다. 1950년대 시의 화자는 우선 일상적 자아로서의 시인과 거의 차이를 보이지 않으며, 전쟁 체험의 폭력성과 그 강도를 특별한 미적 장치나 거리(距離)를 생략한 채 직접적으로 진술한다. 1950년대 김용호 시의 경우에도, 이처럼 시적 주체를 빌어 체험을 진술하고 그럼으로써 다시 한 번 전쟁 체험의 의미를 반추하는 체험적 화자가 등장한다. 자신의 일상을 자전적으로 진술하는 체험적 화자[7]는 1950년대 시에 두루 나타나는 유형이라고 할 수 있지만, 김용호 시의 경우, 특히 서사시 『남해찬가』의 화자와는 대조적으로, 개체적 자아로서의 특징을 띤다. 전쟁 체험과 그로 인한 자아의식을 형상화하는 김용호 시의 화자는 하나의 독립적인 개체로서 자신의 체험을 반추해나간다.

> 나란이 앉은 우리 둘 / 변두리에만 봄은 있었다 / 나지막한 「상화」의 시비가 등뒤에 있고 // 「마돈나」 구석지고도 어두운 마음의 거리에서 나는 두려워 떨면서 기다리노라. 아 어느듯 첫닭이 울고 - 뭇개가 짖도다. 나의 아씨여 너도 듣느냐. // 오! 빛 빛 빛 / 찬란한 빛! 나의 「마돈나」 // 벚나무 가지마다 / 돋아나는 추억의 싹을 따면 // 노들강변 절깐 / 풍경소리 그윽하던 곳 // 한그루 포푸라에 어깨 맞대며 / 꿈을 엮던 곳 // 이제 구름은 / 팔공산을 넘어 어디로 가는건가 // 내 또한

---

7) 이에 대해 윤지영은 '재현적 화자'로 칭한 바 있다. (윤지영, 『한국 현대시의 주체와 담론』, 태학사, 2006, 36~56쪽 참조.)

떠니야하는 / 이 잔디밭의 봄을 아끼며 / 널 두고 가노라 떠나 가노라
/ 어두운 마음의 거리에로<1951.1.6. 대구 달성 공원에서>
—「달성 공원에서」 전문

위 시는 한국 전쟁기 피난길에서 창작한 시로 판단된다. 시인의
일상적 자아와 동일시되는 체험적 화자가 등장하여, 전쟁기 피난길의
불안한 심정을 토로하고 있다. 체험적 자아의 진술과 더불어 이 시에
서 두드러지는 것은 비교와 대조의 효과이다. "풍경소리 그윽하"고
"꿈을 엮던" "달성 공원"의 전전(戰前) 풍경과 이처럼 "추억"이 어린
공간을 두고 "떠나야하는" 전쟁기의 풍경이 서로 대조를 이루며,
전쟁기의 황폐함을 부각시킨다. 이같은 비교와 대조의 효과는 "달성
공원"이라는 특정한 배경에서도 창출된다. 대구 달성 공원은 식민지
시대의 대표 시인 이상화의 시비(詩碑)가 있는 곳이다. 시대를 초월한
두 시인 - 식민지 시대의 이상화와 전쟁기의 김용호는 공통적으로
'두려움'이라는 감정에 젖어든다. 이상화의 경우 그 '두려움'이 영원
성을 향한 강렬한 '꿈'에서 연원하며 또한 내면세계의 열락으로 확장
되고 있다면, 김용호의 '두려움'은 보다 현실적인 실제 상황과 관련되
어 있다. 이 시에서 시인은 창작 시기를 구체적으로 명기하고 체험적
화자를 등장시킴으로써, 전쟁 체험의 사적(私的) 측면을 부각시킨다.
이 시에서도 나타났듯이, 전쟁기 김용호의 시에는 체험적 화자의
감정적 토로가 짙게 나타난다. 가령, "어느 하늘ㅅ가에 / 내 향수는
별이 되어 / 흘러가야만 하느냐 // 못견디게 괴로운 이 가을을 안고"
(「가을을 안고」)라든가 또는 "난 언제부터 / 이처럼 슬픔에 익숙해
졌느냐"(「야윈 얼굴에」) 등의 표현에서 화자의 불안한 심정을 매개

장치 없이 직접적으로 토로하는 태도를 확인할 수 있다. 이같은 태도는 전쟁기의 혼란된 현실과 주체의 불안의식에서 비롯되는 것으로써, 김용호 시에서 종종 '떠남'의 행위로 형상화된다. 예를 들어, "돛대가 아니라고 내가 간다 / 어딘줄 모르지만 내가 간다"(<1951.7.27. 송도에서> -「내가 간다」)는 싯구는 전쟁 체험에서 비롯된 황폐한 자아의 내면을 보여주고 있다. 극단의 불안감은 때로 자기 분열의 모습으로 나타나기도 한다.

> 거울을 들여다본다. // 거기 / 나의 失體가 보이질 않는다. // 虛妄한 세월속에 / 나는 徐徐히 溶解되어 갔나부다. // 戰慄이 있어 소릴 높이 외쳐 본다. // 아무런 反響이 없다. / 그 透明한 유리 입김 // 낯선 딴 實體가 나의 空間을 占據하여 / 나는 거울 속에 있고 / 나는 그 거울 속에 없다.<1954.7>
>
> —「거울 I」 전문

이 시에서 자아의 "空間"은 타자에 의해 "占據"되어 있다. "거울"은 자아의 내면 세계를 확인하고 성찰하기 위한 매개의 역할을 부여받았지만, 그같은 기능을 충실히 수행할 수 없다. "나의 실체"는 사라지고 "낯선 딴 실체"가 나의 내면을 점유하고 있기 때문이다. 이 시는 내가 "거울 속에 있"지만 동시에 "그 거울 속에 없는" 상태, 다시 말해 허상으로서의 자아만 존재할 뿐 "실체"를 확인할 수 없는 자기분열과 부정의 상황을 시화한다.

전쟁기에 두드러지게 나타나는 김용호 시의 체험적 화자는 50년대 중반 이후에는 다소 변화된 양상으로 나타난다. 전쟁 체험을 직접적으로 토로하기 보다는 시적 매개 장치의 효과를 활용한다. 자신의 감정을 한 대상에 투사(投射)함으로써, 시인은 시적 화자의 장치를 빌어 말한다.

> 병신이란다. / 두팔 두다리를 몽땅 잘리운 병신이란다. / 하두 억눌려 머리통마저 납작해진 병신이란다. / 假裝의 衣裳으로 싸기엔 / 이런 年代를 나는 輕蔑하고 / 그 年代는 나를 嘲笑하는 對角線에 있다. // 肉體만이 남았다. / 生命을 가꾸기엔 아쉬운 것이 없고 / 그 진절머리나는 詭辯의 思考보담 / 뛰는 心臟을 나는 믿는다. / 위태로운 비탈처럼 항용 유리 陳列器에 곧잘 놓이지만 / 거기엔 透明한 光線이 集結되어 한결 따뜻하다. // 不條理의 壓力이 가해지면 / 나는 不當히도 그만치 下降해야 한다. / 거기에 바르르 떠는 나의 抵抗의 밀물…… / 하지만 나는 곧 나의 位置로 언제나 재빨리 還元한다. / 出發點이요 歸着點인 零, 그것이 바로 나의 位置다. // 나의 指針은 꼿꼿이 위으로 위으로만 뻗어 있고 / 鼓動하는 心臟은 오래도록 <노오말>하리라고 / 老鍊한 醫師는 診斷했다. / 그 어느때에도 나를 누르는 모오든 重量을 / 저울하는 나의 눈은 뚜렷하여 / 에누릴 못하는 고집이 沈默 속에 있다.<1955.3>
>
> ―「앉은뱅이 저울의 노래」

이 시의 시적 화자는 "앉은뱅이 저울"이다. "두팔 두다리를 몽땅 잘리운" "앉은뱅이 저울"에 자신의 감정을 투사함으로써 시인과 "병신", "저울"은 동일시되고 있다. 시인은 "앉은뱅이 저울"이라는 일상의 사물을 묘사하면서, 자신과 "거울"의 처지를 일치시킨다. 그렇게 해서 시인이 사물에 대해 말하면서 실제로는 자신의 개인적 체험을 객관화하여 말하는 계기를 얻게 된다. 가령, "不條理의 壓力이 가해지면 / 나는 不當히도 그만치 下降해야 한다. / … (중략) … / 하지만 나는 곧 나의 位置로 언제나 재빨리 還元한다."라는 시행에는 "앉은뱅이 저울"의 묘사와 시인의 자기 성찰이 동시에 진행되고 있다.

1952년에 출간된 『푸른 별』에서 주로 자전적 성격의 화자가 나타나는 반면, 56년에 출간된 『날개』에서는 화자뿐만 아니라 시적 대상을 다양하게 변주시킴으로써, 시인의 체험을 스스로 반추하고 객관화해 볼 수 있는 장치를 마련하게 된다. 이같은 변화의 원인으로는 시간의 흐름에 다른 상황 변화를 들 수 있을 것이다. 전쟁 체험의 즉자성에서 어느 정도 거리를 두게 됨으로써, 시인은 자신의 체험이 지닌 의미에 대해 사유하고 예술적 형상화의 방식을 다양하게 모색한다. 김용호 시의 화자가 보여주는 변화는 1950년대 시단의 재편과 시작(詩作)의 양상과도 관련된다. 1950년대는 시 비평과 창작계, 그리고 독자의 관념에서 화자를 시인과 구분하려 보려는 관점이 대두되기 시작하는 시기이다.8) 일상적 자아로서의 시인, 그리고 자아의 창조적 변형태이자 일종의 미적 장치로서의 화자를 서로 분리해보는 사고가 가능해진다. 50년대 중반 이후 김용호의 시에 나타나는 화자의 다양한 형상 역시 50년대 시단의 이같은 변화와 일정 정도 흐름을 같이할 것이다.

「앉은뱅이 저울의 노래」에서 주목되어야 할 또 한 가지 사실은 화자가 보여주는 개체적 자아로서의 특징이다. 이 시에서 시인은 사물-화자의 장치를 빌어 체험적 화자를 형상화하는 새로운 방법을 시도한다. 그러나 이같은 새로운 시도에도 불구하고 개체적 자아로서의 특징은 동일하게 나타나고 있다. 다시 말해, 공동체의 한 구성원의 자리에서 전쟁 체험의 의미를 묻기보다는 독립된 개체로서의 자아의 내면 상황을 깊이 반추해나가는 것이다. 다음 인용시에서는 이같은 개체적 자아의 또다른 양상이 시화된다.

---

8) 윤지영, 앞의 논문, 14~25쪽 참조.

고향 뒤ㅅ산 / 노비산 언덕위의 소년은 / 꿈이 많었더란다 // ……
(중략)…… // 별들이 의좋게 반짝거리는 밤엔 / 구슬픈 곡마단의
「트럼펫」 소리에 귀가 젖어 / 고스란히 별과 함께 / 그냥 샌 밤이
있었더란다 나의 푸른 별을 안고
—「푸른 별」 부분

바깥은 연신 눈이 나리고 / 오늘처럼 눈이 나리고 // 다만 이제
나홀로 / 눈을 밟으며 간다 // 「오-바」 자락에 / 구수한 할매의 옛이야기
를 싸고 / 어린시절의 그 눈을 밟으며 간다 // 오누이들의 / 정다운
이야기에 / 어느집 질화로엔 / 밥알이 토실 토실 익겠다.
—「눈 오는 밤에」 부분

어디로 가는 길입니까 이 길은? // 원시로 돌아가는 길입니다.
가야만 하는 길입니다. 흠집난 세월이 이제 막다른 골목에서 통곡하는
그 璧같은 平面을 꿰뚫고 原始로, 故鄕으로 돌아가야 하는 길입니다.
—「故鄕으로 가는 길」 부분

위의 인용시편에서 화자는 공동체적 합일의 공간을 지향한다. 화자
는 각각 어린 시절의 "꿈", 그리고 가족과의 평화로운 시간을 회고하
며, "흠집나"지 않은 "原始"의 공간으로의 회귀를 갈망한다. 이미
지나간 과거의 시간, 훼손된 고향으로의 완전한 회귀는 가능하지
않다. 김용호의 시에는 이러한 인식이 깊이 각인되어 있다. 다만
위의 시편들에서 주목해야할 점은 개체적 자아의 관점에서 공동체적
체험에 대한 회고와 지향이 시화되고 있다는 점이다. 전쟁 체험은
어른과 아이, 그리고 개체와 공동체의 시간으로 자아의 세계를 갈라놓
는다. 김용호가 주목하는 것은 공동체적 합일의 경험 안에서 유지되는
순수와 무구(無垢)의 시간, 그리고 그 시간을 기억하는 개체적 자아의
내면 세계이다. 그 공동체적 합일의 시공간을 온전히 재생시키는

일이 불가능함을 인지하면서, 시인은 다른 방식으로 그 시간을 회복하고자 한다. 다음 시는 그 모색의 과정을 보여준다.

어디든 멀직암치 통한다는 / 길 옆 / 酒幕 // 그 / 수없이 입술이 닿은 / 이빠진 낡은 사발에 / 나도 입술을 댄다. // 흡사 / 情처럼 옮아 오는 / 막걸리 맛 // 여기 / 代代의 슬픈 路程이 集散하고 / 알맞은 자리, 저만치 / 威儀있는 頌德碑 위로 / 맵고도 쓴 時間이 흘러 가고 // 세월이여! // 소금보다도 짜다는 / 人生을 안주하여 / 酒幕을 나서면 / 노을빗긴 길은 / 가없이 길고 가늘더라만 // 내 입술이 닿은 그런 사발에 / 누가 또한 닿으랴 / 이런 무렵에 <1954.10>

―「酒幕에서」 전문

五圓짜리 엿밥으로 / 곧잘 끼니를 때운다는 少年은 / 아배도 오매도 / 잃은지 오래라고 한다. // 넌지시 / 少年의 어깨에 손을 얹고 / <시그널>의 슬기론 瞳孔을 記憶하며 // 잃어 버린 것 // 내 또한 / 저버림속에 너처럼 외로워야 하는 // An orphan

―「An orphan」 부분

두 편의 인용시에서 개체적 자아는 타자를 향해 관심의 폭을 확대시키고 있다. 타자를 향한 화자의 관심은 기본적으로 소수자로서의 자기의식에 기초해있다. 김용호가 다른 시에서 시화했듯이 "人生의 等外品"(「청계천변」)으로서의 깨달음이 소수자의 연대의식으로 확장된다. 예를 들어 화자는 "길 옆 酒幕"의 "이빠진 낡은 사발"에 "입술을 대"는 수많은 사람들과 '내'가 연결되어 있음을 의식하며, 또한 고아 "소년"의 상실감과 외로움에 동일화된다. 이 "흠난 샤쓰", "달늦은 잡지"같은 타자들이란 다름 아닌, 전쟁의 강요된 폭력으로부터 상처받은 인간들이다. 시의 화자는 자신을 비롯한 동시대인들의 처지가 이같은 "등외품"들과 크게 다르지 않음을 자각하면서, 자신이 느끼는 소외감을 일종의 연대감으로 확장시키고 있다.

이상에서 살펴본 바와 같이, 1950년대 두 권의 서정시집에 나타난 김용호 시의 화자는 체험적 화자로서의 특징을 보인다. 전쟁기의 자기 체험을 진술하는 체험적 화자는 시인의 일상적 자아와 크게 차이를 보이지 않는다. 전쟁 체험의 즉자성에서 미처 벗어나지 못한 화자는 자신에게 가해진 폭력과 내면의 상처를 반추한다. 이들 서정시편에서 주목해야할 또 한 가지 사실은 시의 화자가 지닌 개체적 자아로서의 특징이다. 화자는 공동체에 복속된 존재가 아닌, 단독자로서, 그리고 개체적 자아로서 내면세계에 침잠한 모습을 보인다. 그 속에서 화자는 공동체의 운명, 혹은 공동체의 한 구성원으로서의 자기의식이 아닌, 단독자로서의 자신의 인생의 문제를 홀로 대면한다.

김용호의 시에서 개체적 자아로서의 체험적 화자가 보여주는 또 다른 양상은 사물-화자에서 찾을 수 있다. 대체로 50년대 중반 이후에 나타나는 사물-화자는 시인 자신의 감정을 객관화하기 위한 미적 장치라고 할 수 있다. 시인은 자신의 감정을 일상의 사물에 투사시키면서, 그같은 감정이입의 결과로서 사물-화자라는 예술적 장치를 만들어낸다. 다른 각도에서 보자면, 사물-화자는 1950년대 시단에서 시인과 화자를 분리하여 인식하는 사고에서 영향받은 결과이자, 시인 자신 전쟁 체험의 즉자성에서 벗어나 자신의 체험을 객관화할 수 있는 시각과 여유를 획득한 결과라고도 할 수 있다. 한편, 이들

'사물-화자'는 "앉은뱅이 저울", "잡초"등과 같이 소외된 사물들로
나타나고 있는데, 이들 "등외품"들에 대한 동일화의 감정은 소수자
에 대한 연대의식으로 확장되어 시화되기도 한다. 이같은 경향은
시인이 전쟁 체험의 보편성을 인식하고 통합적 자아에 대한 가치
지향을 추구하고 있음을 확인시킨다.

Ⅲ. 공동체적 자아와 집합적 기억의 재현

1950년대에 출간된[9] 김용호의 서사시집『남해찬가』는 전쟁 체험
의 또 다른 의미화 방식을 보여준다. 두 편의 서정시집에서 김용호
시의 화자는 개체적 자아의 시각에서 전쟁 체험의 의미를 반추한다.
전쟁기에 창작된『남해찬가』에서 서사시의 서술자와 주인공은 모
두 공동체적 자아의 양상을 띠고 있다. 서사시의 서술자가 주인공인
'민족의 영웅' 이순신의 이야기를 전달하는 방식이다. 이때 서술자
와 주인공은 개인적인 차원에서 전쟁을 체험하고 그것에 대해 발화
하는 것이 아니라, 공동체적 관점에서 전쟁의 진행 과정을 바라보고
말한다.

『남해찬가』에서 무엇보다 주목되어야 하는 것은 이 시집이 전쟁
을 기억하는 행위에 기초하고 있다는 점이다. 개인적 기억의 형상화
가 아닌 집합적 기억의 재현으로서,『남해찬가』는 과거의 전쟁 이야

---

9)『남해찬가』는 1952년 남광문화사에서 출간된 이후, 1957년 인간사에서 재출간되었
  다. 이 논문에서는 남광문화사본을 저본으로 삼았다.

기를 통해 '지금, 여기'의 전쟁을 의미화하려는 시도이다. 즉, 그것은 일종의 '기념(commemoration)'으로서, 과거에 대한 기억을 현재의 지평 속에 불러내 재구성하고 이를 통해 미래를 만들어가는 과정의 일환이다.[10]

집합적 기억의 재현은 영상이나 문학, 시각적 매체가 공간적 요소와 결합함으로써 이루어진다. 김용호의『남해찬가』역시 '이순신'이라는 민족적 영웅을 주인공으로 한 전쟁 이야기가 '남해'라는 특정 공간과 결합됨으로써 집합적 기억의 재현을 시도하고 있다. 이때 '남해'는 민족적 공간이자 개인적 공간으로서 이중의 의미를 지닌다. 먼저 '남해'는 신라의 장보고, 삼별초의 대몽항쟁, 그리고 이순신의 7년 항쟁의 근거지로서, 민족의 '영광'과 '시련'의 기억 공간이라고 할 수 있다. 또한 '남해'는 개인적으로는 시인 김용호의 고향으로서 각별한 의미를 지닌 공간이기도 하다. 고향의 지역 공간과 역사적 사건, 인물을 기념물화하면서, 김용호는 개체적 자아와 공동체적 자아의 통합을 시도한다.

김용호가 특별히 '이순신'이라는 역사적 인물을 서사시의 주인공으로 선택하는 이유는 그가 민족적 수난을 극복한 영웅적 인물이라는 점에 있다. 시집 후기의 일부인 아래 인용문에서는 '이순신 이야기'를 그리는 시인의 집필 의도가 잘 드러나 있다.

> 더구나 이조시대에 있어서의 피비린내나는 黨爭, 끊임없는 士禍
> 에 휩싸여 나라의 興亡보다도 一身의 保全과 榮華에 汲汲했던 위정

10) 정근식, 「기억의 문화, 기념물과 역사 교육」, 『역사교육』, 역사교육연구회, 97집, 2006, 280~281쪽 참조.

자때문, 백성들의 塗炭은 이루 말할 수 없는 形便이었던 것을 생각하면 실로 가슴 아픈바 있습니다. …… (중략)……사실 이 광대무변한 인간적, 민족적 대인격을 되려 욕되게 하지 않을가 하고 몇 번이나 붓을 던지고 스스로 嘆하고 망설거린 때가 한 두 번이 아닙니다. 그러므로 功過는 독자의 판단에 맡길밖에 없읍니다마는 여러 가지 의미에 있어서 임진왜란에 못지 않은 오늘날의 민족적 수난기에 있어서 성웅 이순신 어른께 찬가를 드리는 동시에 그 정신을 받들어 우리들의 거울로 삼아야 되겠다는 의미에서 나는 조그만 즐거움을 느끼는 바입니다.[11]

김용호가 특별히 이순신에 주목하는 이유는 무엇보다 그가 민족의 수난기에 위기를 극복하고 나라를 구한 구국(救國)의 인물이라는 점, 또한 "대인격의 완성자이자 민족이상"(197)을 구현한 인격자라는 점에 있다. 『남해찬가』에서 김용호가 그리는 이순신의 형상은 기본적으로 과거와 현재를 대비시키는 의도적인 서사화 전략에 기초한다. 즉, '과거'의 이순신의 이야기는 작품 안에서 '과거'와 더불어 끊임없이 '현재'를 떠올리게 하는 일종의 인식 장치의 역할을 한다. 이것은 과거의 전쟁 이야기를 통해 또다른 전쟁, 즉 한국 전쟁에 대한 기억을 재구성해나가는 과정이라고 할 수 있다. 가령, 『남해찬가』의 곳곳에 나타나는 전투 장면의 묘사라든가 전쟁기의 수사는 시대의 간극을 뛰어넘어, 전쟁의 잔혹함과 인간성 상실의 상황을 각인시킨다.

뱃전을 꽈악잡고 기어 오르는 賊兵의 떼들 / 토막 토막 모가지 끊어져라 번개단 칼로 / 도끼로, 몽둥이로 마구 갈기는 安衛의 軍兵들 (126)

---

11) 김용호, 『남해찬가』, 남광문화사, 1952, 196-198쪽. 이하 내각주로 처리함.

갈아마셔도 시원ㅎ지 않을 원수 李舜臣이다 / 이 원수를 갚아야 한다 / 이 원수를 갚아야 한다>(122)

위와 같은 과장된 표현, 그리고 선(善)과 악(惡)의 극단적 대비로 요약될 수 있는 수사적 특징은 전쟁의 폭력성을 강조하여 형상화한다. '과거'의 전쟁에 대한 생생한 묘사를 통해서 '당대'의 한국 전쟁의 체험을 상기시킨다. 과거의 이야기가 불러일으키는 현재에 대한 기억의 재구성은 여기에서 그치지 않는다. 『남해찬가』에 그려진 임진왜란 이전의 정치적 상황에 대한 묘사는 그 유사한 상황으로 인해 한국전쟁과 전쟁 직후의 혼란을 연상하게 한다.

나랄 사랑하기보담 내 한몸이 귀엽고 / 나랄 위하기보담 / 내 黨派를 앞세워 // 호탕한 權勢와 잡는 執權을 에싸고 / 날로 익고 달로 터지는 / 집안 싸움(14)

이웃나라 倭도 / 포츄칼의 鳥銃과 砲術을 배워 / 안으로 자고 흩어진 힘 한둥치에 모아 / 날로, 나라 - 盤石에 올려 튼튼해 가는데 // 唯獨 / 어찌된 일이냐 / 이 나라, 이 백성만이 — (17)

위의 인용부분에서 조선 조정(朝廷)의 사화(士禍)와 당쟁(黨爭)은 1950년대 남북분단의 현실과 정계의 분열된 상황을 상기시킨다. 이를테면, "날로 익고 달로 터지는 / 집안 싸움", 그리고 "이웃나라 倭"와 대비된 상황 묘사를 통해서 시인은 정치적 통합에 대한 갈구와 반일민족주의적 관점을 강하게 내비치고 있다. 즉, 과거의 이야기를 통해서 현실을 비판적으로 인식하고, 아울러 당대 현실의 기원을 이루는 한국 전쟁에 대한 기억을 만들어나간다. 이같은 과정은 과거, 즉 임진왜란에 대한 기억을 현재의 지평 속에 재구성하고 이를 통해 미래, 즉 민족적 통합의 이데올로기를 생산해나가는 과정이라고 할 수 있다.

이처럼 '기억'을 통해 또다른 '기억'을 재구성하는 일련의 과정 속에서 '이순신'의 형상은 가장 중심적인 역할을 한다. 이순신에 대한 재조명은 조선시대에서 최근에 이르기까지 반복적으로 진행되어 왔다.12) 김용호의 『남해찬가』 창작과 발표는 국가 주도의 '이충무공 기념 사업'과는 직접적 관련이 없는 것으로 판단된다. 그러나 50년대 초반 그의 고향인 남해권(南海圈)을 중심으로 충무공 동상 건립이 진행되는 과정에서 이순신의 영웅적 면모가 대중적으로 부각되었고, 김용호 역시 고향권에서 진행된 상황으로부터 시사받은 면이 적지 않았던 것으로 보인다.13) 국가 및 지역 주도 추모 사업에서

---

12) 근대 계몽기와 식민지 시대에 이미 '민족 영웅'으로서의 발견과 재창조가 시도되었으며, 한국전쟁기에도 이승만 정권에 의해 전쟁 기념물이라는 새로운 표상으로 등장하였다. 1950년대 전반에 역점적으로 만들어졌던 조형물은 '충무공상'이었다. 특히 시인의 고향 마산과 가까운 진해에는 전시(戰時)인 1950년 11월부터 충무공 동상 건립이 추진되어, 1952년 4월 28일에 완성되었다. 국가의 지도층과 지역 유지의 연합으로 추진된 일련의 이충무공 기념 사업은 전후의 남한 사회에서 민족주의와 반공 이념이 결합되는 주요한 계기를 마련하였다.

13) 『남해찬가』의 제자(題字)를 당시 야당인 민주당의 대통령 후보였던 신익희가 제공한 점, 그리고 김용호가 『남해찬가』의 출간 동기에서 "나는 그 당시 피난살인데, 하두 국회에서 국회위원들이 자유당 - 무슨 당, 무슨 당 싸움만 할 때 이 『남해찬가』를 발간하였다. 그리하여 국회의원 전원에게 이 시집을 한 권씩 무료배부해 주었다. 이 시집을 읽고 국회위원들이 반성이 있기를 바랬던 내 마음은 오늘도 변함이 없다." (김해성, 「김용호론」, 『한국현대시인론』, 금강출판사, 1973. 223쪽에서 인용)고 밝힌 부분에서 그가 이순신의 서사를 통해 의도했던 내용을 짐작할 수 있다. 그것은 관 주도의 민족주의적·반공주의적 기념 사업과는 또 다른 차원에서 시인의 민족주의적 지향성을 보여주는 것이다. 한편, 『남해찬가』에 드러난 시인의 두드러진 애국주의·민족주의적 성향은 전후 반공주의의 상황 속에서, 해방 직후 좌익에 참여했던 개인적 이력에 대한 부담감이 작용했던 것이라고도 볼 수 있다.

이순신의 영웅적 면모를 강조하는 과정에서 민족주의와 반공주의를 결합시키는 이데올로기적 기능이 강하게 작용한 반면, 김용호의 서사 시에서는 영웅으로서의 이순신의 형상 이외에도 그의 높은 인격, 인간적 고뇌와 시련 등이 강조되고 있다. 이순신의 '인간'적 면모에 대한 강조는 그의 영웅성을 더욱 강화시키는 역할을 한다. 가령, 아들 면(葂)을 잃고 통곡하는 다음과 같은 장면에서,

> 내가 죽고 네가 살아야 떳떳하거던 / 네가 죽고 내가 살았으니 / 이런변이 어디 있단 말이냐 // 천지가 캄캄하고 / 백일이 빛을 잃는구나 / 슬프다 내 아들아 / 날두고 어디로 돌아간고 // ……(중략)… // 이제 내 이 세상에 있은들 / 장차 누구에게 의지하랴 // 통곡할 뿐, 한밤을 지내기 / 한해같고나(140-141)

실의에 빠진 이순신의 형상은 그의 영웅적 이미지를 더욱 완벽하게 보완해낸다. 또한 명나라의 원군장(援軍長) 진린(陳璘)을 인격적으로 압도하여 "陳璘이 敬服의 무릎을 꿇고 / 明兵이 畏敬의 고개를 숙"이는 장면(153)은 "대인격의 완성자이자 민족이상"[14]을 구현한 이순신의 영웅적 면모를 민족의 표상과 정확히 대응시킨다. 그러므로 민족=국가=이순신으로 일치된 표상 체계에서 영웅 이순신이 겪는 시련은 곧 민족의 수난을 상기시킨다. '이순신'의 복합적 표상은 임진왜란기 한 역사적 인물의 일대기를 민족 보편의 체험으로 연결시키고, 그를 통해 한국 전쟁의 기억을 재구성하는 데 일정하게 기여한다.

---

14) 김용호, 「후기(後記)」, 『남해찬가』, 남광문화사, 1952.

민족의 수난과 극복의 서사에서 극점을 이루는 부분은 바로 '죽음'이다. 『남해찬가』에는 이순신의 아들 면(勉), 어머니의 죽음을 비롯해 무수한 죽음이 형상화되고 있는데, 그 가운데서도 이순신의 죽음이 서사의 절정을 이루고 있다. "싸움이 바야흐로 한창 급하니 / 내 죽은 것 / 아무에게도 알리지 말고 / 너희들 그대로 독전(督戰)하여라"(185)라는 이순신의 최후 장면에서 그가 겪은 "한평생 / 갖가지 고생, 뼈아픈 고생"은 "오로지 이나라 이백성 아끼고 사랑"하는 "거룩한 어른"의 영웅적 풍모 속에 흡수된다. 영웅적 전사자(戰死者)로서의 이순신의 최후는 『남해찬가』에 등장하는 무수한 전사자들의 죽음과 더불어 영웅의 서사를 완성시키고, 전쟁 기억의 영속성을 유지시키는 역할을 한다. 추모(追慕)는 죽은 자를 대상으로 한 기억 행위이다. 이미 현세에 존재하지 않는 자를 현재의 기억 속에 재구성하는 과정에서, 죽은 자는 추모자의 기억 속에서 새롭게 만들어진다. 전쟁 기억에서 특히 '죽음'이 중요한 의미를 지니는 이유는 전사자(戰死者) 또는 희생자들의 다양한 죽음에 의미를 부여하는 과정에서 전쟁의 정당성 또한 확보될 수 있기 때문이다. 이처럼 전쟁에서의 다양한 죽음에 집합적 상징의 의미를 부여하는 것은 바로 기념물의 역할이다.[15] 『남해찬가』라는 기념물을 통해 "죽기를 한하고 뒤따르는 군사들"(24)의 장렬한 죽음을 추모함으로써, 죽은 자들은 '민족' 또는 '국가'라는 집합적 주체의 구성원으로 인정받기에 이른다. "고웁게 아름답게 깨끗이 지는 단풍닢"처럼 그들의 죽음이 아름다울 수 있는

---

15) Winter, J, *Sites of Memory, Sites of Mourning*, Cambridge University Press, 1995, p.51, 정호기, 「전쟁 기억의 매개체와 담론의 변화」, 『사회와 역사』 68권, 한국사회사학회, 2005.12, 70쪽에서 재인용.

것은 오직 그들이 "원쑤를 무찌르"는(51) 민족의 대의를 위해 희생된 자들이기 때문이다.

『남해찬가』에서 반복되는 '죽음'의 형상화와 그에 대한 각별한 추모 행위는 한국 전쟁기의 무수한 죽음을 연상시킨다. 김용호가 서문에서 밝혔듯이, 이순신의 형상화는 "오늘날의 민족적 수난기"를 반성하고 극복하기 위한 의도에서 출발한다. 이러한 의도에 기초하여, 임진왜란기 이순신을 비롯한 수많은 전사자들의 죽음은 한국 전쟁기의 '죽음'을 환기시키는 작용을 한다. 『남해찬가』에서 그려지는 전쟁 장면과 죽음의 묘사는 한국 전쟁을 포함해 한반도 침략의 일반적 상황을 연상시킨다. 예를 들어,

> ① 부산성이 뭃어지고 / 동래성이 짓밟히어 / 인젠, 탄탄 대론가 거침없는 센바람몰아 / 서울로, 서울로 치올라 가는 적군 // …(중략)… // 경주가, 상주가 / 밀양, 청도가, 경산, 대구가 / 咸昌이 문경이 땅에 엎디자 / 조령 - 잿고개를 넘어서고 / 賊은 서울을 향해 거침이 없었다(27-28)

> ② 鳥銃이 콩볶듯 튀고 닳고 / 賊軍이 지나간 자리마다 / 목처럼 어리는 피와 죽음이 가로 놓여 / 자꾸만 기울어지는 城, 釜山城 (22)

①의 장면은 임진왜란의 특수한 전황뿐 아니라 한반도 총력전과 국토 훼손의 일반적 상황을 떠오르게 한다. ②의 장면 또한 생과 사가 갈리는 전쟁기의 극적인 순간을 포착하고 있다. 임진왜란기라는 특수한 전황을 초월해 '전쟁'이라는, 인류 역사의 보편적 상황을 암시하는 이같은 묘사들로 인해서, 전쟁의 비극과 그 속에서 희생된

‘죽음’의 추모 행위는 중요한 공동체적 의미로 부각되기에 이른다. 일반적으로 전쟁에서의 죽음은 어떠한 죽음이건 개인적인 차원 이상의 의미로 확장된다. 다양하고 무수한 죽음의 원인들은 오직 ‘전쟁’이라는 대의 아래 하나의 정점으로 통합된다. 그 죽음들은 공동체의 대의를 위한 죽음이자 공동체의 통합을 위한 과정으로서 의미화된다. 『남해찬가』역시 주인공 이순신과 그를 둘러싼 수많은 비극적 죽음을 묘사함으로써, 전쟁에서 발생한 무수한 죽음을 추모하고 죽은 자들을 공동체의 구성원으로 통합시키는 과정을 보여준다. 이같은 추모의 과정은 이순신을 정점으로, 죽은 자들을 포함한 민족의 모든 구성원을 국민국가 안에 통합시키는 과정이다. 『남해찬가』의 서두와 마지막 장면에서 민족의 영속적인 서사를 기원하는 장면은 이같은 판단을 뒷받침한다.

> 여기 / 오오랜 역사, 태양함께 있어 / 어질고 착한 백성 터전 잡은 곳 // 靑磁 그릇마다 아로 새겨진 / 영영, 푸른 하늘을 이고 / 綿綿, 잇고 연달아 기리 / 세월과 더불어 얽힌 한 얼 // 하많은 나라 있어도 / 하많은 땅 있어도 / 이곳/ 이 백성으로 / 태어난 보람가꾸며 / 믿음 두터웠던 우리들의 조상(9-10)

> 세월은 흘러 / 南海 바다는 푸르러 // 그 어른의 뜻 / 우리들 가슴에 하나씩 심거지면 / 더맑게 푸르는 南海 바다 // 이 江山 / 이 백성 / 있는 그날까지 / 그 어른의 뜻 / 새겨 새겨 우리들 가슴에 새겨 // 영특하고 우뚝하고 담대하고 / 씩씩하고 꿋꿋하고 개결하고 / 호탕하고 한편 침잠하고 / 날카롭고 / 한편 우공하고 / 무뚝뚝하고도 부드러웠던 / 우러러 돋뵈이는 그 어른 / 우리들 가슴에 길이 살아 계시거니 // 南海 바다여! // 해마다 푸르러 / 끝없이 푸르러 // 이 江山 / 이 백성 / 터전잡고 사는 그날까지 // 그 어른의 뜻 물결하여 // 우리들 가슴에 출렁거려라 / 해마다 끝없이 출렁거려라(191-194)

인용한 두 개의 장면에서 공동체의 기억과 체험은 '남해'라는 기념 공간과 결합함으로써 그 영속성을 확보한다. 이때 '남해'라는 기념 공간은 개인적 의미와 공동체적 의미를 동시에 지닌다. 시인의 고향이자 민족의 역사적 체험이 각인된 공간으로서 '남해'라는 기념 공간을 새롭게 창출함으로써 개체적 자아의 경험을 공동체적 자아를 향해 통합시키고 있다. 이같은 특성은 시인 자신 시집의 후기에서 강하게 표방했던 정치적 통합에 대한 갈망과 관련된 것으로 판단된다. "끝내 당쟁 때문 나라를 그르치고 풍전등화의 국운 앞에서도 …(중략)… 나라를 위하고, 백성을 위하는 노력은 부차적이었"던(196) 임진왜란의 기억을 복원하여 현재의 수난을 극복하려는 시인의 의도가 집합적 기억과 공동체적 자아를 표나게 강조하는 지점으로 귀결되고 있다.

김용호의 서정시집과 비교할 때 『남해찬가』에 나타난 자아의 특성은 두드러진다. 앞에서 살펴보았듯이 『푸른 별』,『날개』에서 개체적 자아의 체험을 중요하게 부각시킴으로써 전쟁 체험의 사적(私的) 측면을 강조하여 형상화한 반면, 서사시집 『남해찬가』에서 개체적 자아의 내면 공간은 공동체적 자아의 세계를 향해 함몰되어가는 양상을 보인다. 다시 말해, 김용호의 서정시에서 1인칭 체험적 화자의 특성이 두드러지게 부각되는 반면, 『남해찬가』의 서술자는 3인칭 또는 전지적 시점에서 공동체의 경험을 서술해나간다. 이같은 차이는 우선 서정시와 서사시라는 양식상의 차이에서 비롯되는 것이라고 할 수 있다. 서정시의 화자는 기본적으로 시인의 일상적 자아로부터 창조되고 변형된 존재이며 개인의 주관적 표현에 중점을 둔다. 이와 달리, 서사시는 주체의 내면 세계가 아닌 객관적인 사건을 묘사하는

데 목적을 둔다. 시인 자신은 직접적으로 시의 표면에 등장하지 않고 시적 대상의 면전에서 물러나 객관적으로 설명하는 데 몰두한다.16)

　김용호의 서사시『남해찬가』에서 공동체적 화자로서의 특성이 강하게 나타나는 이유는 이같은 양식적 특성 이외에도 시인의 개인적인 특성을 통해 설명할 수 있다. 김용호는 서사시의 요건을 만족시키기 위한 객관성 확보에 특히 많은 노력을 기울였던 것으로 보인다. 그가 임진왜란과 이순신에 관련된 역사적 사료를 확보하고 그에 충실한 기록에 주력했던 것은 그같은 노력의 일환이었다. 또한 객관적 서술자의 형상을 통해 인물과 정황을 어떻게 전달할 것인가에 대해서도 골몰했던 흔적을 보인다. 그러나 그럼에도 불구하고『남해찬가』의 서사시적 객관성은 불충분하다. 그것은 주로 서술자의 특성에서 비롯된다. 서술자는 3인칭 관찰자 시점과 전지적 시점 사이를 이동하며 시점의 혼란을 일으킨다.17) 이같은 시점의 혼란은 시인 자신 주관적 개입의 정도 여부를 조절하는 데 실패했기 때문인 것으로 판단된다. 즉, 시인은 어떤 장면에서는 단지 객관적 사료의 제시에 그치며 주관적 개입을 극히 자제하는 반면, 어떤 장면에서는 작중 인물과 사건을 향해 과도하게 시인의 감정을 투영시킨다. 다음은 그 예시가 된다.

> 정녕, / 이대로 썩어지는 것인가 / 이대로 썩다 넘어지는 것인가
> // 아! 하늘이 무심치 않어 / 실로, 아직도 아껴 저버리지 않어 //
> 이 땅, 이 나라, 이 백성에 / 빛 / 기리 민족의 이름으로 영원한 /
> 빛을 주셨으니 (18)

---

16) 헤겔, 최동호 역,『헤겔 시학』, 열음사, 1987, 98쪽 참조.

17) 김동주, 「김용호의『남해찬가』연구」, 단국대학교 교육대학원, 2002. 34쪽에서 이미 지적한 바 있다.

어찌 / 이 나라의 天運의 날이 아닐가부냐 / 어찌 / 이 백성의
天命의 날이 아닐가부냐 // 초하룻날 날씨는 / 유달리 맑고나 아름답고
나 // 봄이 한창 어울려 / 아는가, 모르는가, 뭇꽃, 뭇새 피고 울고(83-84)

여기서 주목할 것은 서사시의 요건을 충족한 경우이든 그렇지
않은 경우이든, 공통적으로 공동체적 자아로서의 특징이 나타난다는
점이다. 우선, 전지적 시점의 서술자의 경우 체험적 화자로서의 개체
적 자아는 소거되어 있다. 서술자는 전지적이고 객관적인 시점에서
사건의 정황과 인물을 서술해나간다. 또한, 3인칭 관찰자 시점의
경우 시인의 주관적 감정이 투영되어 있다고 볼 수 있으나, 그 때의
자아의 양상은 서정시의 경우와는 분명한 차이를 보인다. 이 경우
시인의 직접적인 체험이나 독립된 개체로서의 자아의 내면 상황은
거의 드러나지 않는다. 즉, 전지점 시점과 3인칭 관찰자 시점의 경우
공통적으로, 공동체의 한 구성원으로서의 위치에서 공동체적 체험을
기술한다는 특징이 있다. 내면 공간의 활동은 극히 약화된 채 집단적
공동체 의식을 표출하는 것이다. 시인은 고향공동체, 민족공동체의
한 성원으로서 공동체 단위에서의 전쟁 체험, 집합적 기억과 경험을
반추하고 있다. 『남해찬가』에 나타나는 이같은 공동체적 화자의 특성
은 김용호 시에 나타난 전쟁 체험의 형상화 방식을 다른 측면에서
확인시킨다. 앞 절에서 살펴보았던 서정시집의 경우, 개인적 측면에
서 전쟁의 고통을 형상화하면서 인간과 인생의 보편적 문제에 대한
성찰로 확장시키는 특징이 나타난다. 『남해찬가』의 경우, 전쟁 일반
의 극한 상황에 대한 사유 과정이 임진왜란과 한국 전쟁이라는 구체적
이고 특수한 전쟁 상황, 그리고 전쟁의 공동기억에 대한 재구성으로

확산되어 나간다. 결론적으로 시인 김용호는 두 갈래의 시 양식에서, 개체적 자아와 공동체적 자아라는 서로 다른 성격의 화자(서술자)를 통해 전쟁 체험의 양상과 그 특징을 다각적인 측면에서 포착하고 있다.

IV. 결론

　1950년대 시는 한국 전쟁과 직·간접적으로 깊은 관련을 맺고 있다. 전쟁과의 관련성 및 전쟁 체험의 내용과 형상화 방식에 따라서 1950년대 전쟁시의 유형을 몇 가지로 나누어 볼 수 있다. 우선, 한국 전쟁 발발 직후 종군작가단의 일원으로 전쟁에 참여했던 시인들의 작품이 있다. 조지훈, 서정주, 박목월, 박두진, 구상, 유치환, 모윤숙, 박인환, 이한직, 조영암 등 여러 시인들이 종군작가단으로 활동하며, 전쟁 기간 동안 국군 기관지 및 잡지에 작품을 발표하고 개인 시집을 간행하였다. 이들의 작품 가운데 모윤숙의 「국군은 죽어서 말한다」, 유치환의 『보병과 더불어』, 조지훈의 『역사 앞에서』, 조영암의 『시산을 넘고 혈해를 건너』 등은 전시 하 종군 체험을 바탕으로 쓰여진 전쟁참여시, 기록시의 성격이 강하다. 직접적으로 전쟁 현장을 담고 있거나 전쟁 상황을 배경으로 한 이들 시에서 시인들은 구국을 위한 참전 행위를 예찬하고 독려하거나 전장과 후방의 상황을 기록하였다. 이들 종군작가단 시인들의 작품 가운데서도 전쟁의 비인간적인 측면을 비판하거나 혹은 전쟁의 무의미성을 드러내는 작품들도 다수 발표되었다. 유치환의 「기의 의미」, 조지훈의 「다부원에서」 등을 비롯해 구상, 장만영 등의 시에서 그러한 경향을 찾아볼 수 있다. 또한 전쟁 기간과 종전 이후에, 전쟁 체험을 내면화하여 형상화한 작품들도 다수 존재한다. 특히, 박인환, 전봉건, 김수영 등의 전후 모더니즘 시의 경우, 전쟁으로 비롯된 비극적 시대 인식을 바탕으로 실존적 자기 성찰과 비판적 현실의식을 보여주고 있다.

이 글에서 살펴본 50년대 김용호 서정시는 전쟁시의 세 번째 유형에 해당된다. 1950년대 초반에 출간된 『푸른 별』에는 주로 자전적 성격의 화자가 등장한다. 『푸른 별』의 대부분의 시편에서 개체적 자아로서의 체험적 화자는 전쟁이라는 극한적 상황 속에 놓인 인간의 고통을 개인적이고 즉자적인 측면에서 반추한다. 이들 시편에서는 전쟁기 황폐한 자아의 내면과 전쟁 체험의 사적인 측면이 두드러지게 형상화된다. 『날개』(1956)에서는 전쟁 체험의 즉자성에서 벗어나 시인의 개인적 체험을 거리를 두고 반추해보는 과정이 나타난다. 이 과정에서 등장하는 사물-화자라는 시적 장치는 시인 스스로 자신의 체험을 객관화하려는 노력의 산물이라고 볼 수 있다. 아울러 시사적으로는 자아의 창조적 변형태이자 미적 장치로서 시의 화자에 대한 사고가 가능해졌다는 점, 또한 사회적으로는 전쟁의 무차별한 폭력성에서 어느 정도 벗어나 복구와 재건의 노력이 시작되었던 점이 시인 김용호에게도 적지 않은 영향을 미쳤을 것으로 판단된다. 『날개』에서 화자는 개인적 체험의 특수성을 전쟁 체험의 보편성에 대한 인식으로 확산시키며 통합적 자아에 대한 가치 지향성을 보여준다.

　　김용호 시에 나타나는 전쟁 체험의 또 다른 양상은 서사시집『남해
찬가』를 통해서 확인할 수 있다.『남해찬가』에서 시인은 영웅적 형상
의 창조와 죽음의 의미화를 통해 전쟁을 기억하고 다시 재구성하는
과정을 보여준다. 이 과정에서 각각 세 가지 차원에서 집합적 기억의
재현이 이루어진다. ‘남해’라는 시인 개인의 고향공동체, 그리고 ‘임
진왜란’이라는 민족공동체, 마지막으로 ‘한국 전쟁’이라는 민족/국가
공동체의 기억과 역사가 서로 결합되는 과정에서, 개인, 민족, 국가
차원에서 전쟁 체험의 확인과 재구성 작업이 진행된다. 이때 ‘남해’라
는 특정 공간과 ‘이순신’이라는 역사적 영웅은 전쟁 기억의 매개체로
서 전쟁 기억을 영속화시키는 기능을 한다. 이처럼 기념 공간과 기념
비적 인물을 기억하고 추모하는 행위를 통해서 개인과 공동체적
자아, 그리고 과거와 현재의 체험과 기억이 통합된다. 이러한 과정은
강한 공동체로의 귀속과 정치적 통합에 대한 갈망을 보여주는 것이라
고 할 수 있다.

　　김용호 시에 나타난 두 개의 전쟁 체험은 개체적 자아의 내면
체험과 공동체적 자아의 집합적 기억으로 요약될 수 있다. 이같은
차이는 일단 서정과 서사라는 양식적 차이에서 비롯될 것이다. 그러나
특정 양식을 선택하게 되는 시인의 의도가 작품의 특징을 근원적으로
규정짓는다는 점을 생각한다면, 서로 다른 두 개의 시 양식과 시적
화자 등을 선택한 시인의 창작 동인이 우선적으로 영향을 끼친다고
볼 수 있다. 즉, 시인 김용호는 전쟁 체험, 그리고 전쟁이라는 극한적
상황에 처한 자아의 양상을 서로 다른 차원, 다른 각도에서 형상화한
다. 구체적으로, 서정시에서 시적 화자는 주로 개인의 고통에 대해

말한다. 이때 시인의 체험과 생각은 시 작품이라는 물리직 실체, 화자라는 구체적 장치를 통해서 객관화되는 길을 얻는다. 이 과정에서 시인의 자전적 체험에 대한 반성적 시선은 인간의 보편적 상황에 대한 성찰로 옮겨 간다. 이와 달리, 서사시는 집단의 시점에서 바라본 전쟁 체험의 형상물이라고 할 수 있다. 서정시집『푸른 별』에서 자아의 분열을, 그리고 이후에 출간된『날개』에서 주로 자아의 객관화와 통합적 자아의 가치 지향을 드러낸 반면, 서사시집『남해찬가』에서는 전쟁이 매개하는 집단의 경험과 집합적 기억의 재현에 집중한다. 이때 개체적 자아의 내면 체험은 '지역', '국가', '민족' 등의 공동체 단위의 체험 속으로 함몰되는 양상을 보여준다.

1950년대 전쟁시 및 전후시의 맥락에서 김용호의 시가 특별히 주목할만한 성취를 이룬 작품이라고 보기는 어렵다. 역사적 기록물로서의 가치, 혹은 현실의식과 사상적 깊이 면에서 좀더 의미있는 성과를 이룬 작품들이 다수 존재한다. 이들 시와 비교할 때 김용호 시의 특장은 체험의 진솔한 기록과 특유의 서민의식에서 찾아볼 수 있다. 체험적 화자의 직접적 진술과 진솔한 표현은 전쟁이라는 극한 상황에 처한 보편적 인간의 조건을 각인시킨다. 또한『날개』에 수록된 시편에서 나타나는 서민의식은 시인 자신이 느끼는 현실적 소외감을 소수자로서의 자기의식과 연대감으로 확장시킨 결과라고 볼 수 있다. 시사(詩史)적 측면에서 그의 시는 시의 화자에 대한 고려, 시인과 시적 화자의 분리에 대한 생각이 구체적으로 진전되는 시기의 한 양상을 보여준다.『푸른 별』에서 시인은 개체적 자아를 통해 전쟁 체험을 즉자적으로 토로한다. 반면『날개』와『남해찬가』에서는 각각 화자의 성격과 시 양식을 변화시킴으로써 다른 각도에서 전쟁 체험의 형상화를 시도한다. 이는 시인 스스로 전쟁 체험의 다른 측면, 자아의 다른 양상을 어떤 방식으로 형상화할 것인가에 대해 고민한 결과이면서, 창작을 통해 시단의 논의에 대응한 결과라고 할 수 있다. 특히 『남해찬가』에서는 '이순신'이라는 역사적 인물을 재창조함으로써 전후의 혼란된 상황을 암시하며 사회 통합의 갈망을 내비치고 있다. 결론적으로, 김용호의 시는 식민지 시대에서 해방기, 그리고 전쟁과 전후에 이르는 격동의 역사와 문학사적 시기를 거쳐간 한 개인의 체험적 기록이자 시적 형상화를 향한 고투의 흔적으로서, 50년대 문학의 한 의미있는 자료로 평가할 수 있다.

□ 참고문헌 □

김용호, 『남해찬가』, 남광문화사, 1952.
김용호, 『김용호 시 전집』, 대광문화사, 1983.

『서울신문』, 『조선일보』
김남석, 『현대시인론』, 서음출판사, 1977.
김동춘, 『전쟁과 사회 - 우리에게 한국 전쟁은 무엇이었나?』, 돌베개, 2006, 36쪽.
박윤우, 『한국현대시와 비판정신』, 국학자료원, 1999.
송기한, 『한국 전후시와 시간의식』, 태학사, 1996.
윤지영, 『한국 현대시의 주체와 담론』, 태학사, 2006, 36-56쪽.
김동주, 「김용호의 『남해찬가』 연구」, 단국대학교 교육대학원, 2004, 34쪽.
김미정, 「1950・60년대 한국전쟁 기념물- 전쟁의 기억과 전후 한국국가체제 이념
        의 형성」, 『한국근대미술사학』10, 한국근대미술사학회, 2002, 273-311쪽.
김상배, 「역사적 현실과 시적 자아 - 김용호론」, 『단국대학교 논문집』12, 1978.
김지은, 「김용호 시 연구 - 시적 주체의 아이덴티티 탐색 과정을 중심으로」,
        서강대 석사논문. 2003.
김해성, 「김용호론」, 『한국현대시인론』, 금강출판사. 1973.
문덕수, 「김용호 시 연구」, 『시문학』, 1984.
송하섭, 「서민의식의 확대와 승화 - 학산의 시 세계에의 접근」, 『국문학논문집』,
        5・6호, 단국대, 1972.
오세영, 「6.25와 한국 전쟁시 연구」, 『한국문화』13집, 서울대 규장각한국학연구
        원, 1992.
이성교, 「김용호 연구」, 성신인문과학연구소, 『연구논문집』7집, 1974.
임도한, 「한국전쟁과 남북한의 전쟁시」, 이기윤・신영덕・임도한, 『한국전쟁과
        세계문학』, 국학자료원, 2003.
정근식, 「기억의 문화, 기념물과 역사 교육」, 『역사교육』, 역사교육연구회, 97집,
        2006, 280-281쪽.
정태용, 「김용호론」, 『현대문학』, 1970.12.
정호기, 「전쟁 기억의 매개체와 담론의 변화」, 『사회와 역사』68권, 한국사회사학
        회, 2005.
한형구, 「1950년대 한국시」, 문학사와 비평연구회 편, 『1950년대 문학 연구』,
        예하, 1991.

회감(回感)의 노래

- 김용호의 『푸른 별』론 -

강 외 석(문학평론가)

1. 들머리

학산 김용호(1912-1973)는 「내 사랑하는 여인아」(『新人文學』, 1935. 8), 「첫여름 밤 귀를 기울이다」(『新人文學』, 1935. 10)를 발표하면서 시작 활동을 한 이후 첫시집 『饗宴』(興亞社, 1941)을 비롯하여 유시집인 『混線』(靑字閣, 1974)에 이르기까지 모두 7권의 시집을 문학 유산으로 남긴 시인이다. 이들 시집 가운데 필자가 텍스트로 선택한 『푸른 별』[1](大文社, 1952)은 세 번째 시집으로, <김용호다운> 시집이면서, <김용호답지 않은> 시집이기도 하다. 긍정과 희망으로 이끄는 그의 세계관[2]이 잘 집약되어 있는 까닭이기도 하지만, 역사와

---

1) 이 시집에는 50편이 수록되어 있는데, V부의 8편은 『향연』에서 재수록한 것임을 시인 자신이 직접 밝히고 있다. 대체로 이 시집의 시적 경향은 용어상의 편차는 있지만, 대체로 '향수와 회고, 순수서정'(이성교, 조동구, 송수복, 송하섭) 등으로 일반화되어 있다. 반면 '비극적 삶의 자세'(김상배), '내향적인 자기 축소의 태도'(문덕수)가 드러난 것으로 보는 견해도 있다.

이성교, 「김용호론」, 단국문학, 1983. 5.

송수복, 「서정과 현실 그리고 죽음」, 『김용호시전집』, 대광문화사. 1983.

송하섭, 「학산 김용호론」, 『김용호시전집』, 대광문화사. 1983.

조동구, 「김용호론」, 『경남의 시인들』, 새미. 2005.

김상배, 「역사적 현실과 시적 자아」, 단국대 논문집, 1978. 12.

문덕수, 「김용호 시연구」, 시문학, 1984. 4.

2) 김용호의 다음 진술은 이를 뒷받침한다. "산다는 것이 얼마나 아름다운 일이요 힘찬

민족의 현실, 그리고 척박한 사회 구조에 대한 날카로운 인식을 표출한 그의 시력을 감안해 볼 때,『푸른 별』은 배다른 형제와 같이 겉도는 듯한 인상을 던지기 때문이다.

광복 이후의 해방정국을 거쳐 정부수립의 혼란과 민족 최대의 비극적 사태인 6.25 전쟁의 수라장 속에서 터져나온 것이 다름아닌 『푸른 별』이라는 사실, 이런 격랑의 엄혹한 시절, 곧 실존에 대한 위협이 가중되는 와중에 맑게 건져진 낭만적 감성은 난폭한 당대 현실에 대한 시인의 정직한 반응이라고 보기 어렵다. 현실과 시적 세계가 배치되는 느낌인데, 그렇다면 시인의 현실인식이 무디고 안이한 데에서 노정된 것일까. 그러나 시집 후기에 토로한 술회3)의 이면에는 좌우익의 이념 대립과 전란의 현실로 인한, 이른바 텍스트 밖의 현실과 텍스트 안의 현실이 암암리에 심하게 충돌하고 있는 듯한 낌새가 잡힌다.

이 시집과 연계하여 문득 故황순원의 『소나기』가 동복(同腹)의 친연적 형상으로 떠오르면서 장르적 경계가 소멸되는 착란을 일으키는데, 그것은 두 텍스트군이 서로 맞닿는 공유 지점이 있기 때문이다. 1952년 가을에 탈고한『소나기』와 1952년 10월에 출간한『푸른 별』은 시대적 밑그림과 작품 세계가 거의 겹친다. 삶과 죽음이 거침없이

그것이 아니겠습니까? (중략) 어디까지나 긍정을 위한 회의, 긍정을 위한 실망, 그것이라야만 인생은 비로소 구원 받을 수 있는 것이 아니겠습니까?"(『시문학입문』, <詩作態度>, 남광문화사. 1949. 71쪽)

3) "―어쩌면 너는 그렇게 못났느냐. ―어쩌면 너는 그렇게도 갈팡질팡하느냐. ―어쩌면 너는 그렇게도 약삭바르냐. ―어쩌면 너는 그렇게도 비굴하느냐. 이러한 무수한 채찍들이 나를 때렸습니다. 그렇습니다. 이런 모순덩어리를 가지고 내가 살아왔고 또한 살아가고 있다는 것은 슬픈 일임에 틀림 없습니다." 『푸른 별』 <책끝에>

만나, 삶이 죽음으로 강제 흡수되어 사라지는 그런 광기의 시대에 이 작품들은 시대의 논리를 배반하고 있는 것이다. 배반의 배후가 무엇일까. 일전에 필자는 배반의 배후에 대한 의문을 비장하고 황순원의 『소나기』에 대해 다른 각도의 해석학을 시도한 적이 있다.4) 그 해석이 도달한 결론은 에밀 슈타이거 시학의 핵심 개념인 '회감(Erinnerung)'이었다. 자아와 세계의 융합이라는 '回感'의 세계는 자아의 풍경과 세계의 풍경이 서로 적대시하지 않는 관계, 이른바 '간극의 부재'를 위한 문학적 일환으로 볼 수 있는 것이다. 물론 현실 공간에서의 풍경 간의 간극은 엄청 벌어져 있는 비극적 구조이다.5) 따라서 광기의 시대적 현실이 유발한 극심한 소란으로 빈사 상태에 빠진 민족의 영혼을 위한 소설쓰기가 『소나기』6)라면, 역시 동일한 동기를 가진 시쓰기는 『푸른 별』인 셈이다. 따라서 회감의 세계, 곧 간극의 부재를 위한 문학적 노력이 시대의 논리를 배반한 이 작품들의 형성 배후가 되는 것이다. 본고의 목적은 간극의 부재를 향한 김용호의 문학적 노력이 어떻게 작품 속에 구현되어 형상화되고 있는지 규명하는 데 있다.

그런데 한 가지 유념할 사항은 김용호의 시집 6권과 유시집 『혼선』

---

4) 강외석, 「사랑의 코드와 전략」, 『피그말리온의 풍경』, 새미, 2006. 참조
5) 「달성공원에서」의 다음 구절을 보면, 과거(추억)와 현재의 풍경의 간극이 심하게 벌어져 있음을 확인할 수 있다. "벗나무 가지마다/ 돋아나는 추억의 싹을 따면//노들강변 절깐/ 풍경소리 그윽하던 곳// 한 그루 포푸라에 어깨 맞대며/ 꿈을 엮던 곳// (…) // 내 또한 떠나야 하는/ 이 잔디밭에서 봄을 아끼며/ 널 두고 가노라 떠나 가노라/ 어두운 마음의 거리에로"
6) 필자는 위의 글에서, 「소나기」는 "포악한 악의의 전쟁에 심각한 정서적 균열을 입은 민족의 영혼을 따뜻하고 투명하게 정화시키고 싶은 마음"에서 창작 동기가 촉발된 것으로 추단했다. 위의 책, 274쪽.

까지 한꺼번에 클릭해서 건드릴 경우, 대충대충 건성으로 처리되고
마는 함정에 빠지고 말 우려가 있다는 점이다. 시집 한 권 한 권에
대한 집중력이 요구되며, 그 추출된 성과를 바탕으로 해서 시의 전모
가 집합 처리되는 방향으로 나아가는 것이 바람직하다.[7]

2. '고요'와 타자지향

　전반적인 인상으로 보면 『푸른 별』의 세계는 고요하다. 고요는
평정이고 평화의 추상적 기호이다. 김용호 시인이 살아온 시대는
'어제와 오늘의 혼선'(「혼선」)으로 규정된다. 민족 현실의 실타래가
복잡하게 얽힌 역사적 혼선이면서, 심리적 주체의 혼란을 야기시킨
'훤소(喧騷)'의 시대였던 것이다. 이런 까닭에 시인은 항용 편안하게
"冬眠할 수 있는 動物이 부러"(『향연』, 「寒想譜」)울 법도 했을 것이
다. 첫시집 『향연』에서부터 『의상세례』에 이르기까지 그의 모든
시집이 식민공간, 해방공간, 전쟁공간, 전후의 혼란공간 등, 이른바
'冬眠'을 방해하는 극단의 불우한 환경 속에서 배태되어 터져나왔기
때문이다. 『饗宴』에서 한 국가 질서의 충격적 깨어짐으로 인해 내부
의 소란이 일고 있다면, 『해마다 피는 꽃』에는 파쇼적 식민 질서의

---

7) 김용호 시에 대한 연구과 비평적 관심은 아주 소략한 편이다. 그것도 이 글 저 글이
　　비슷비슷한 글이라는 인상을 풍길 정도로 연구적, 혹은 비평적 담론이 풍성하지 못
　　하다. 김용호 시세계의 협착함에도 문제가 있겠지만, 김용호 시세계의 전체 그림을
　　그리겠다는 연구자의 의욕이 과잉되어 개개 시집의 내적 긴밀성이나 사유 체계에 대
　　해서는 집중력을 보이지 않은 데에서 그 한계를 노출한 것이 아닌가 생각된다.

깨어짐으로 인해 들뜬 함성 소리가 난다.『날개』,『의상세례』또한 세상 현실의 부조리함으로 인해 소란스럽기는 마찬가지이다. 이처럼 그가 처한 현실공간이자 시적 공간은 철저히 산문적 현실의 시대, 루카치의 정의대로 <신을 떠난 세계의 서사시>인 소설적 상황이었던 것이다. 소설적 상황은 시적 상황과는 철저히 등지는 개념인데, 자연과 인간, 인간과 인간, 개인과 공동체, 내면과 외면이 분열·해체된 세계를 말한다. 이 세계는 환언하면, 소란 또는 휜소의 불온한 근대성의 세계인데, 이것을 피하고자 한 시인의 의식적 지향과 그 내면 풍경이 다음 따옴시에서 자명하게 드러난다. 곧『푸른 별』의 시적 지향 혹은 김용호의 시적 에스프리는 이 시에서 발원하여 모여들고 원심력으로 퍼져 나가는 것으로 보인다.

> 호수가
> 한나절 잠자는 동안
> 잎새 하나 눈썹인 양
> 살풋 한 옆에 나려 앉는다
> 노루도
> 어디론지 귀양간 이런 때면
>
> 고요는 짙어 호수에 잠기는데
> 그 고요에
> 아늘거리는 너 모습
>
> 이윽고 내게로 닥아 오는
> 너 모습에
> 물살 잔잔히 퍼져 가는
> 호수ㅅ가 한나절 무렵
>   ─「한나절 호수ㅅ가」전문

소리는 때로는 소음이고, 고문이고, 감옥이다. 소리가 불온한 기운을 드러낼 때 소음이 되며, 그것은 곧 고문이 되고 삶을 투옥하는 감옥이 되고 마는 것이다. 그 소리의 정체는 무엇이겠는가. 물론 그것은 이 시에서 (─) 체계, 곧 부재의 물밑 현실로 존재한다. 따라서 (─)로 음영 처리된 부분을 양성화시키기 위해서는 이 시의 생산에 대한 바깥 정보를 참고할 필요가 있다. 이 시의 창작 연대는 언제쯤인지 명확하지는 않지만,『푸른 별』에 수록되어 있는 것을 보면,『해마다 피는 꽃』(1948년)이 나온 뒤에 발표되었다는 것을 알 수 있는데, 정부수립 이후부터 전쟁에 이르는 기간 중에 창작된 것으로 짐작된다. 그 시기는 그야말로 온갖 야단스러운 '소리'들로 정신을 어지럽게 했던 환멸의 시기가 아니었을까. 곧 한국 근대사의 살기등등한 풍경을 환기하는데, 질서의 부재, 가치의 실종 등 카오스의 극치가 아니었을까. 해방 이후 각 정파들의 손익 계산 두드리는 정쟁의 주판소리들, 전쟁의 아비규환, 죽음의 소리들이 '혼선'이 되어 귀청을 때리는 소음을 유발한다. 이에 대한 반작용이 이런 시를 낳게 한 동인이 되었을 것으로 판단된다.

따라서 일체의 '소리'들은 말끔히 거세되어 있다. 조용한 동물인 '노루'마저 소리를 낼만한 유일한 존재로서 '귀양' 보냄으로써 바깥의 소리와는 일절 격절되어 있다.8) 건조하고 척박한 소리가 죽으면

---

8) 이 <귀양>을 비극적 의미로 환원시키는 연구 결과도 있다. 김상배는 "이러한 사실은 위의 시에서 <노루도/ 어디론지 귀양간 이런때면>에 현실적 삶의 자세인 이그러진 모습이 드러남으로 하여 파악된다. 특히 <귀양>이라는 詩語에 과민한 신경을 곤두세우지 않더라도 이 단어에 의한 시의 균형이 이미 파열됨으로써 비극적 삶의 자세가『푸른 별』의 시기에도 깊게 가담되어 있음을 볼 수 있다." (김상배, 「역사적 현실과 시적 자아」, 단국대 논문집, 1978.12. 18쪽)고 한 바가 있다. 지나치게 '귀양'이

'고요'가 찾아든다. 자칫 세상을 회피하는 듯한 탈현실의 몸짓으로 오인될 소지가 농후한데, 난폭한 소음의 근대를 살면서 욕망했던 세계이니 그럴 수밖에 없을 것이다. 이렇게 거세된 소리 뒤의 '고요'를 따라 '너'는 어울려 찾아든다. 무성의 풍경인 이 고요와 더불어 아늘거리며 찾아드는 '너'는 누구인가. 기호론적으로 접근하면 '너'와 '나'는 대립자일 것이나, 이 시에서 '너'와 '나'는 날카로운 각을 세우고 있는 대립자가 아니다.

이 시를 본고의 앞자리에 내세우는 것은 김용호 시 전반에 걸쳐 광범위하게 살포되어 있는 바로 이 '너' 혹은 '그'의 존재에 대한 규명 때문이다. 이것이 규명되면 김용호 시의 비밀이 간파되는 중요한 근거가 되리라는 믿음 때문이다. 송하섭은 『날개』시집을 분석하면서 다수의 시편에서 '나'와 '당신' '너'와의 대화 관계를 추출하고, 이 '너'와 '당신'의 상관 관계에서 시적 이미지가 생성된다고 하면서, "바로 이 <너>의 의미를 발견해 낸다면 그것이 곧 학산(김용호의 아호-필자주)의 시의 세계를 구명하는 길이 될 것이다."[9]고 한 바 있는데, 아주 중요한 지적이다. 그러나 비단 그 시집만에 국한되지는 않는다. 『향연』[10]과 『푸른 별』의 시편 또한 예외가 아닌 것이다.

라는 낱말의 字意에만 경도된 판독이 아니냐는 의혹은 남지만, 상당히 설득력이 있는 견해이다. 다만 당대 현실의 혼란스러움을 '불온한 소리'로 유추하여 인식한다면, 그의 '소리'에 대한 과민 반응이 '노루의 귀양'이라는 극단을 선택할 수밖에 없었으리라는 심리적 저변을 이해할 수 있게 된다.

9) 송하섭, 「서민의식의 확대와 승화」, 국문학논집 5.6호(1972), 단국대, 191-192쪽. 이에 반해 박태일은 김용호의 시에 '나'가 자주 등장하고 있는 점에 주목하여 체험 주체인 내가 맺고 있는 세계구성의 양상을 "나-남 관계, 나-나 관계, 나-것 관계, 나-터 관계"의 네 범주로 나누어 살피기도 했다. 박태일, 「김용호 시의 세계체험과 그 틀」, 가라문화 제7집(1989.12), 경남대학교 가라문화연구소

한용운의 '님'과 겹쳐지는 부분인데, 궁핍한 시대를 살아갔던 한용운이 구원의 존재로 '님'을 설정한 것이라면, 같은 맥락에서 김용호 시의 '너' 또한 '나'의 자의식을 견뎌내게 하는 지향의 거점이자, 어려운 현실을 타개하려는 노력의 일환으로 선택된 득의의 전략적 존재로 보인다. 현존의 부재로 존재하는 모든 생명의 근원에 상당하는 순수 형상으로 볼 수 있지 않을까. 환언하면 생명과 사랑, 나아가 순수 형상을 담보하는 아름다운 세계의 환유적 대상일 수 있다는 것이다. "보다 높은 것, 보다 아름다운 것, 보다 깨끗한 것을 염원"[11]했던 그에게 있어, '너'는 이를테면, 비극적 현실에 대한 반작용의 힘[12]으로 기능할 수 있는 유년의 공간 혹은 고향이기도 하고, 혹은 평화와 평정의 시적 기호가 되기도 하겠다.

따옴시에서는 '호수—고요—너'로 이어지면서 '너'의 존재를 '호수'의 '고요'의 동심원에 끌여들여 그 존재의 이미지화를 모색하고 있다. 따라서 따옴시는 평화와 평정에 대한 무의식이 '너'에 삼투되어 '호수'라는 물적 표현을 거치면서 육체를 얻은 것이 된다. 서정시 특유의 독백 형식을 통해 균열된 자아와 세계가 정밀하게 결합하는 극석인 장면이 연출되면서 서정시적 세계가 모색되고 있다.[13] 그가

---

10) 문덕수는 『향연』에 대해 언급하면서 "기본 구조는 님과 나와의 관계 단절과 그 회복에 대한 염원"(위의 글, 103쪽)이라는 언급을 했는데, 그 또한 김용호의 시에서 '너'(혹은 님)의 존재가 중요한 시적 체계임을 인지한 것으로 볼 수 있다.

11) 『푸른 별』의 <책 끝에>

12) 김상배, 위의 논문, 21쪽.

13) 문덕수는 "사회에서 후퇴하여 개인의 생존이라는 최후의 라인으로 돌아갈 때 흔히 주관적인 서정시의 본래의 모습을 드러내게 된다."(문덕수, 앞의 글, 108쪽)고 한 바 있는데, 탈현실의 몸짓으로 보이는 『푸른 별』의 세계를 해명해 주는 적절한 언급이 아닐 수 없다.

꿈꾸던 세계가 아니었을까. 독자의 독서 경험을 전제한다면, 독자는 이 호수의 풍경 속에서 시적 주체가 안내하는 방법대로 살며 생각할 수 있는 장소를 떠올리려 애쓰게 될 것이다.

한편, '너'는 뜬금없이 상실감, 혹은 부재의 대상으로 나타나기도 한다. 「무수한 그림자」, 「너 무덤에도」 등의 작품에서 산견되고 있지만, 실은 '너'의 부재와 상실 때문에 오늘의 소란한 소음이 야기된 것이라는 방향으로 해독의 실마리를 제공하는 것이므로 실은 '뜬금없이' 나타난 존재가 아니라, 소음의 결정적 원인 제공자라고 보아야 할 것 같다. 따라서 그 존재를 불러들임으로써 오늘의 소음은 극복의 터무니를 갖게 되는 것이다.

이 시집에서 '너'는 추상의 옷을 입지 않고, 구체적인 의장을 하고 나타난다.14) 시인의 타자는 선험적 타자, 가령, 종교적 절대자는 아닌 듯하고, 오히려 경험적 타자로서 불순한 외부 변인에 의해 강제 분리된 타자로 보인다. 시문학은 동일화 곧 다시 하나됨을 겨냥하는 것이니, 김용호시의 '너'는 이러한 시적 역할을 수월하게 수행할 적임자로 기능하여 타자와의 분리를 극복하여 타자와의 원융한 결합 내지는 통합의 총체적 경험으로 이끌게 될 것이다.

따라서 『푸른 별』은 부재의 세계인 '너'를 찾음으로써 바라는 세계의 회복에 있는 듯이 보인다. 과연 김용호는 이 시집에서 <바람의 세계>로 표상되는 '너'를 어떠한 형상으로 행간에 '내포'하여 조형하고 있는지에 대한 고찰을 위주로 하여 본고의 논지를 전개하고자 한다.

---

14) 이 글의 본론에 해당하는 3, 4장의 구체적 논지 진술이 그 확실한 근거가 될 터이다.

3. 사랑과 생명의 토피아

우선 '너'로 지칭된 타자의 정체를 사랑의 대상으로 상정해 볼
수 있다. 이 타자는 '내' 안에 실재했던 온전한 경험의 세계였던,
말하자면 균열 혹은 분열 이전의 추억에 대한 지형도로서 사랑의
정서적 분위기로 감싸여 있다.

> 모란꽃 피는
> 유월이 오면
>
> 또 한 송이의 꽃
> 나의 모란
>
> 추억은 아름다워
> 밉도록 아름다워
> 해마다
> 해마다
> 유월을 안고 피는 꽃
> 또 한 송이의 나의 모란
>
> ―「또 한 송이의 나의 모란」 전문

사랑의 대상에 대한 지향성이 짧은 형식의 단순한 구조와 2음보
위주의 원시적 행보, 어구의 반복을 통해 '주술적'으로 형상화되어
있다. '주술적'이란 표현을 쓴 것은 원시인의 노래에서 보는 것처럼,
골라서 부려 쓰는 말은 극소화시키고 짧은 몸의 탄력을 활용하여
바람의 세계에 대한 희원을 극대화시키는 방식을 구사하고 있기
때문이다.[15] 말하자면 모란과 추억의 사유에만 집중함으로써 모란과

추억의 환유적 세계에 대한 지향성을 강화하는 방향으로 길을 틀고 있는 것이다.

따옴시에서 시인은 '추억은 아름답다'고 했으나, 모든 추억을 하나 같이 우상화시키려는 맹목적인 의도가 있는 것은 아니다. 현재의 결핍 혹은 모순을 채울 수 있다고 판단되는 것만을 골라 선별한 끝에 소환한 추억일 가능성이 농후하다. 시적 회감의 본연의 모습이다. 그러나 추억이라고 해서 반드시 과거의 경험이 축적된 기억으로만 가두는 것은 속 좁은 판독이다. 마땅한 세계상의 필요충분조건을 표상하는 은유 혹은 환유로 외연과 내포를 넓혀주는 것이 옳을 듯하다. 따라서 모란과 추억은 동일성의 관계로서 모란은 추억으로 겹치고, 추억은 '모란'으로 치환되면서 식물적 영속성을 얻고 있다.

꽃의 역학, 나아가 식물의 역학은 생명의 영원한 지속성이다. 가볍게 전락하고 마는 근대의 비극적 현실 속에서 추억은 모란처럼 피어나고 생장한다. 추억이 모란의 생명성으로 표상되는 평화와 평정의 세례를 입게 되는데, 이렇게 되면 서로를 침범하거나 해꼬지하는 부정적 현실을 가볍게 뛰어넘어 생명이 교감하는 화해로운 경지가 이룩된다. 모란과 추억이 겹치고 치환되는 가장 중요한 시적 이유가 되는데, 가령, 「꽃씨를 뿌려」에서 '이별'은 시인이 처한 비극적, 시적 현실인데, 생명의 근원적 근거인 '꽃씨'를 뿌림으로써 그 부정적 현실을 부정한다. 나아가 부정을 거쳐 상승적 삶을 지향하는데, 다음

---

15) 『푸른 별』에 수록된 상당수의 시편은 짧은 몸의 형식으로 자신의 뜻을 관철시키고 있다. 그러나 안타깝지만, 시편 모두가 시적 형상화나 사유의 측면에서 다 성공적인 것은 아니다. 정제되지 않은 감상과 정서가 여과되지 못한 채 터져 나온 데 실패의 이유가 있다.

따옴글은 이를 훌륭하게 뒷받침한다.

> 인생은 자라나고, 존재를 변형시키고 순결함을 취하여 꽃을 피게
> 하며 상상력은 가장 먼 은유로 열려져 갖가지 꽃의 삶에 참가하는
> 것이다. 이러한 꽃의 역학(dynamique)과 함께 현실의 삶은 새롭게
> 비약한다. 만일 비현실성의 적당한 휴가가 주어지면, 현실의 삶은
> 보다 더 건강하게 되리라.[16]

바슐라르의 이 아름다운 글에서 꽃의 담론은 인생과 존재의 변형 혹은 순결함, 그리고 현실의 삶의 새로운 비약과 연결되어 있다. 존재의 변형과 순결의 내밀한 가치를 보유한 꽃은 위 따옴시의 존재성을 확연히 뒷받침하는 대목이다. 그것은 생명이 부당하게 위협받는 비극적 현실을 비약시켜 현실의 삶을 건강하게 하리라는 시적 지향에 닿아 있기 때문이다. 물론 이 시의 배면에 깔린 현실의 삶은 "괴로움의 연속, 가시밭길, 그리고 십자가"[17]로서의 실존이다. 풍부한 삶의 질감을 담보하고 있는 꽃의 담론은 여기서 그 터무니를 얻게 되는데, 비극으로 전락한 삶을 반전시킨다. 반전의 위력을 가진 꽃의 상상력에 참여하는 삶이란 현실의 불모를 생명으로 재생시키는 삶이리라. 따라서 '너'는 바로 '꽃'이고 나아가 '사랑', 곧 '생명의 존재'에 다름 아닌 것이다. 다음 시는 이에 대한 든든한 후견인격이다.

> 항아리 속
> 한 마리 운명의
> 금붕어처럼

---

16) 가스통 바슐라르, 『물과 꿈』(이가림 역), 문예출판사, 1996, 39-40쪽.
17) 『푸른 별』의 <책끝에>

　　너를 숨쉬고
　　나는 살아 간다
　　　　　　　　　―「너를 숨쉬고」부분

　‘나’는 ‘항아리 속 금붕어’로 갇혀있다. 현실에 대한 정직한 육성이 발성된 것으로, 그를 내면의 궁지로 몰고 간 억압에 대한 실토이다. 『饗宴』시절에도 시인은 ‘금붕어’의 ‘운명’이 되어 갇혀 있었던 것 같다.18) 당대는 극히 불합리한 모순의 시대였는데, 당대의 그런 모순이 『푸른 별』의 시대에 와서도 인멸되지 않는 증거로 남게 되는 안타까운 일이 발생한다. 갇혀있는 존재인 내가 살아갈 수 있는 길은 오직 ‘너뿐이다.’ ‘너’는 ‘나’를 ‘숨쉬’게 하여 내 생명의 존재가 이룩되게 하는 까닭이다. 이렇게 도대체가 도처에 “너 생각뿐”(「너 생각뿐」)이다. 심지어

　　뭇것이 뵈지 않아도
　　너만 볼 수 있는
　　나의 색맹
　　　　　　　　―「색맹」부분

　을 자처한다. ‘너’의 절대성이 나로 하여금 색맹이 되게 한 것이다. ‘색맹’은 ‘너’에 대한 과도한 집착이다. 자칫 시 표면에 드러난 ‘너’를 인간적 존재로 수용할 수도 없지 않다. 그렇다고 ‘너’의 의미가 달라지거나 약화되지는 않는다. 다만 우리는 그가 도저할 정도로 ‘사랑’에

---

18) “東/西/南/北// 오가도/ 닿을 곳 없어// 이제 나는/ 운명의 연못에 사는/ 한 마리 금붕어가 되었다.”(「運命」)에서 확인되는바, 갇힘의식을 유발한 동인은 동서남북을 ‘오가도/ 닿을 곳 없’는 시대적 혼란과 이에 따른 시적 주체의 방황이었던 것으로 판단된다.

집요하게 매달리게 되는 심리적 저변, 곧 그가 살아간 시대적 조건이 불안이라는 점에 주목하게 된다. 그 불안을 추켜세운 것은 다름 아닌 분리 경험이다. 이 분리 경험은 상당히 집요한 것인데, 정서적 균열이 표나게 각을 세우고 있는 그의 첫 시집『향연』의 생산 배경이 그렇다. 식민지적 상황은 그 분리 경험을 충분히 야기할 수 있는 실존 상황이었던 것이다.『푸른 별』의 시대 역시 같은 실존적 맥락이다. 검은 포연과 낭자한 피비린내 속에서 동족(인간)과 동족(인간), 인간과 세계와의 간극은 상당 부분 벌어져 있었을 것임은 자명하다. 그 벌어진 간극을 메우기 위해 시인은 사랑이라는 비교적 촘촘한 정서적 물길을 방법적으로 선택한 것으로 보인다.[19]

에릭 프롬에 따르면, 사랑은 대인간적 합일의 달성, 곧 다른 사람과의 융합인데, 이 힘은 인류를, 집단을, 가족을, 사회를 결합시킨다고 했다.[20] 김용호의 사랑은 세계로부터 추방된 인간의 분리 경험을 극복하겠다는 계산 아래 낙점을 무르온 것으로 판단된다. 하나의 운명으로 같이 가던 것이 틀어지고 갈라져 분리된 관계를 복원시키는 데에는 사랑만한 묘약이 없다고 판정한 탓이겠다. 음험한 계산의 틈입을 원천봉쇄할 수 있는 것이란 사랑일 것이며, 아무런 조건을 걸지 않아야 된다는 점에서 사랑은 가장 적격한 자격을 보유한 것이다. 어머니, 고향 등에 대한 시적 집착도 이런 맥락 위에서 이해가 되는 것이다.[21]

---

19) 황순원의 「소나기」역시 김용호와 같은 방법적 선택의 결과로 보인다.
20) 에릭 프롬,『사랑의 기술』(황문수 역), 문예출판사. 1987. 28쪽.
21) 『푸른 별』의 앞뒤에 출간된『낙동강』,『남해찬가』 등의 시집도 사랑의 사회적, 역사적 확장 혹은 그것의 기호로 볼 수 있다.

안타까이
기다리다 못해

그리움이 북바쳐 터진
너 가슴 속에

누구를 주량으로
그처럼 그처럼

사무친 알알을
감추어 두었더냐
　　　　　　　—「석류」 전문

　모란을 시작으로 타자지향을 알리던 '너'의 세계는 '석류'로 전화되고 있는데, '석류'의 세계는 환유적이다.[22] 균열되지 않고, 단단하게 응집된 세계와 인접해 있기 때문이다. '석류'의 1차 정보를 거쳐 나온 의미, 곧 석류의 촘촘하고 붉은 풍경은 적의와 증오로 들끓는 현실 세계에 '대한' 세계, 비루한 현실을 정화하고 갱신하려는 시적 기호가 아닐 수 없다. 특히 '누구를 주량으로' 감추어 둔 '석류'의 '준다'는 소여(所與) 행위에서 타자지향은 생명과 사랑의 토피아(topia)를 겨냥하고 있음이 자명해진다.[23]

---

22) 이와 유사한 시적 발상은 「한 알 한 알을」에서도 나타난다. '포도송이'의 '토실토실/그리움' 또한 '석류'의 세계와 다르지 않다.

23) '준다'는 소여 행위야말로 가장 적극적인 사랑, 곧 타자지향의 강력한 힘을 행사한다. 에릭 프롬의 말을 빌면, "자신의 생명을 줌으로써 타인을 풍요하게 만들고, 자신의 생동감을 고양함으로써 타인의 생동감을 고양시"키기 때문이다. (에릭 프롬, 위의 책, 36-37쪽)

4. 기억 혹은 '안'의 공간

가스통 바슐라르는 아주 의미심장한 언술을 남겼다. "밖이 춥기 때문에 우리들은 아주 따뜻하다."[24] 밖의 세계가 춥고 음산한 만큼 그에 비례하여 안의 공간은 내밀한 가치가 증폭되는 것을 말한 것이다. 게다가 그 속에 거주하는 인물들이 과거의 오랜 시간을 버텨온 인물들과 어린이들이 교감하는 공동체의 집, 나아가 오랜 시간을 살아온 고향집이라면 더 말할 나위가 없게 된다. 그래서 다시 바슐라르의 말대로 "겨울의 환기는 거주하는 행복의 補强인 것이다."[25] 이렇게 하여 또 하나의 '너'로 지칭되는 타자지향의 세계는 유년과 고향 공간을 회감하는 순수 체험의 시간대가 된다.

> 오누이들의
> 정다운 이야기에
> 어느 집 질화로엔
> 밤알이 토실토실 익겠다
>
> 콩기름불
> 실고추처럼 가늘게 피어나는 밤
> 파묻은 불씨를 헤쳐
> 엽담배를 피우며
>
> 「고놈! 눈동자가 초롱같애.」

---

24) 가스통 바슐라르, 『공간의 시학』(곽광수 역), 민음사, 1995, 158쪽.
25) 가스통 바슐라르, 위의 책, 159쪽.

내 머리를 쓰다듬어 주시던 할매

바깥은 연신 눈이 나리고
오늘밤처럼 눈이 나리고

다만 이제 나홀로
눈을 밟으며 간다

「오―바」자락에
구수한 할매의 옛이야기를 싸고
어린시절의 그 눈을 밟으며 간다

오누이들의
정다운 이야기에

어느 집 질화로엔
밤알이 토실 토실 익겠다
―「눈오는 밤에」 전문

    살벌한 근대 풍경에 대해 시인은 전근대의 풍경으로 맞불을 놓고 있다. '질화로, 콩기름, 엽담배' 등이 환기하는 토속적 세계와 '할매-오누이'의 삼대에 걸치는 가족공동체의 모습이 재구되어 있다. 그러나 따옴시의 표면적 화목과는 달리 현재와 과거의 간극은 심하게 뒤틀려 있는 것으로 보인다. '오누이, 할매'로 환유되는 과거는 '나홀로'의 고립적 현재와 대립되어 시점간의 간극과 단절을 촉진하고 있기 때문이다. 그 간극의 부재를 위해 과거는 소환되고 있는 것이다. 그러나 과거는 현재의 문제를 안고 있는 방향에서 소환되는 것이어서 현재의 서정은 비극적일 수밖에 없다. 과거 또한 기억 속에서 관념으로 존재하는 것이어서 현재를 타개하는 데에 한계를 지닐 수밖에 없는 일이다. 현재와 과거의 간극이 심하게 벌어져 있다는 증표이다. 이런 과거의 한계로 인해 "과거 시점은 시적 주체가 과거의 원형에서 분리되어 있는 현재와의 간극을 강조해 보여주기 때문에, 동시에 근대의 주체가 돌아갈 수 없는 단절의 세계라는 사실이 확인되기 때문에 비극적 서정이다."26)는 언술은 실로 적실하다는 생각이 든다. 따라서 이 시에는 행복과 비극의 양가성이 혼효되어 있다고 할 수 있다.

한국문학에서 고향의식은 지루한 반복을 계속하고 있다. 그만큼 근대인의 영혼이 거점을 상실하고 있다는 반증이다. 왜냐 하면, 고향의식이란 이탈과 방황을 기반으로 하고 있는 탓으로, 근대인의 고독과 소외감 등의 정서를 유발하기 마련이다. 이 시에서 시적 자아인 '나'는 공동체에서 이탈된, 혹은 추방되어 '홀로' 가는 근대인이다. 근대인의 고독한 실존인데, 밖은 고독하고 추위가 엄습하여 공격적인 이 세계에서 시인은 안의 세계를 몽상하고 있는 것이다. 안의 세계는 이야기와 밤알이 '정다운'과 '토실토실'의 도움을 받아 따뜻하고 단단한 세계를 만들어낸다.

또한, "모순적인 것들이 모이면, 모두가 생동하게 된다"는 말처럼,

---

26) 진순애, 「박목월 시의 신화적 시간」, 우리말글학회 전국학술발표대회, 2002. 7쪽. 「눈 오는 밤에」와 더불어 「고향으로 간다」도 고향은 주체가 돌아갈 수 없는 단절된 세계라는 비극적 인식의 편린이 드러난 시이다. 다음 구절은 이러한 인식이 뚜렷하게 드러난 부분이다.

> 잃어버려, 끝내 잃어버려
> 없는 고향이라도 포개둔 그리움이 한결 짙어
> 눈감아도 뛰놀던 예옛 어린 시절
> 좁은 골목 골목들이 서언하게 다가 오구나
> ─「고향으로 간다」 4연

‘질화로’의 따뜻한 불길과 밖에 내리는 ‘눈’의 모순적 동서(同棲) 현상은 집의 내밀하고 행복한 가치를 증폭시켜 ‘살아있음’의 가치를 보유하게 한다. 질화로 주변을 흐르는 ‘할매의 옛이야기’, 혹은 아름다운 전설과 신화는 시적 자아를 온전한 경험의 세계로 이끌기 때문이다. 이 시는 기억과 상상, 추억과 이미지가 공조하면서 공동체를 형성, 안의 공간을 구축하는데 성공하고 있다. 가령, 할머니마저 질화로, 콩기름불, 옆담배 등 ‘불’의 작용에 따라 따뜻한 세계를 만드는 물질의 범주로 들어서고 있음을 볼 수 있는데, 그것은 할머니가 추억과 물질 이미지를 공유한 때문이다. 이때 할머니는 모성의 존재[27]로서 안의 공간을 훈기 있게 축조하는 탁월한 건축가이다. 따라서 이 시의 집은 할머니의 축조술에 의해 형성된 모성적 공간이다.

그리고 시적 퍼소나는 유년이 되어 유년의 세계를 불러내기도 하고 그 세계 속으로 걸어 들어가기도 하는데 자연스러운 모양새이다. 인간의 균열되지 않은 원시적 영혼은 어린이에게만 남아 있는 흔적이기 때문이다.

> 고향 뒤ㅅ산
> 노비산 언덕 위에 소년은
> 꿈이 많았더란다
>
> 구름에도
> 풀밭에도

---

[27] 그의 시에서 모성 지향은 상당히 점착질의 것이다. 줄기차게 그가 닿고자 했던 세계, 곧 분리의 경험을 상쇄, 온전한 경험의 세계로 갈 수 있는 최적의 통로가 아니었던가 생각된다. 그러나 그의 시 전편에서 모성의 존재로는 할머니보다는 어머니가 훨씬 우위에 있다.

곧잘 꿈을 심었더란다

심구곤
자라나는 꿈이 하도 벅차서
흐느끼며 우러러 본 하늘

별들이 의좋게 반짝거리는 밤엔
구슬픈 곡마단의 「트럼펫」소리에 귀가 젖어
고스란히 별과 함께
그냥 샌 밤이 있었더란다 나의 푸른 별을 안고
—「푸른 별」 전문

달콤한 추억의 어법인 '～더란다'을 통해 그 행복한 추억을 현재화시켜 현재를 넘어서려는 심리적 미동성이 포착된다. 이런 미동성은 흔히 퇴행의 방향으로 가는데, 그것은 삶의 단단한 지반이 꺼지면서 허방이 난 근대 풍경에서 정신적 거점을 확보하려는 문학적 풍경이자 전략으로 보인다. 대다수의 퇴행시가 그렇듯이, 퇴행의 공간은 맑고 투명하게 정화되어 있기 마련이다.[28] 그런 투명과 정화의 층위에서 볼 때, 소년과 별의 만남은 예정된 수순을 밟는 일이다.

유년의 시간대는 불온한 근대사로 인해 균열된 주체가 회귀할 수 있는 가장 순수한 원시적 시간대이며, 관념적 순수나 초월적 순수가 아닌 순수 체험의 온전한 경험의 시간대이다. 따라서 유년의 기억은 순수성 혹은 잊혀진 낙원에 대한 향수 차원에만 그치고 마는 것이 아니라, 시적 자아의 내면세계의 근원성과 연결되면서 세계의 전망에 이르게 된다. 그 전망은 김용호에게 있어서는 유년의 바다와

---

28) 「후이 후이 후이」 역시 새 쫓는 어린이의 때 묻지 않은 고음의 청각적 영상을 통해 퇴행 공간의 맑고 투명함을 보여준다.

아주 인접해 있다. 시적 자아의 대리자로 기능하면서 근원성을 회복함과 동시에 분리 경험을 완벽하게 봉합하고, 나아가 세계의 푸른 전망에 연계되기 때문이다.

소년은 항시 바다의 품안에 있었고
바다는 항시 소년의 가슴에서 출렁거렸다

무엔가 사무치게
그리운 날엔

왼종일 바다에서
소년은 푸르러 갔고

이따금 바다의 세레나—드에
물결을 베개하고 별을 낚어보는
그러한 버릇이 있었더란다
—「무엔가 사무치게」 전문

한때 김용호의 젊음은 외부 세계의 불온함에 치명상을 입고 고독, 소외, 죽음, 허무 등의 병적 정서에 함몰되어 있었다.[29) 균열된 젊음에서 탈각, 젊음 본연의 순수 생명을 회복하고 싶었을 시인의 내부 욕망이 충분히 이해된다. 젊음의 회복이란, 환언하면 젊은 정신의 회복인데, 따옴시에서 바다는 소년의 영상과 겹쳐지면서 젊은 정신을 부활시키는 아우라(aura)를 일으킨다. 이런 기운이 바닥에 깔리면서 삶과 세계의 조화와 균형('바다의 수평성과 별의 수직성'), 혹은 우주

---

29) 『饗宴』시절의 「담배」, 「고독」, 「싹」, 「無題」, 「밤거리에서」 등 다수의 시편에서 심각하게 노정되고 있음

의 질서화가 모색되고 있다.

　김용호의 고향은 항구도시 마산이다. "물질은 감정의 재산(bien)"[30]
이라는 물질적 상상의 언술에 기대면, 바다는 시인의 고향을 형성하는
물질로서 그의 시적 공간을 상당 부분 차지하고 있다. 바다는 고향에
대한 모든 정보들을 압축·저장하고 있기 때문에 그것을 클릭하면
고향에 대한 모든 근원적인 경험, 혹은 정서나 사유 등이 일시에
풀려 나온다. 그만큼 고향의 물질은 무의식적이며 유전성의 것이다.
그것은 악의의 근대성에 위축되어 폐색된 의식 공간에 대해 열린
공간으로 자리하기도 하고, 황폐한 현실에서 삶을 복구하려는 욕망과
연결되어 있기도 하다.[31] 급기야 그 '바다'는 과거에서 현재로, 현재에
서 과거로, 혹은 과거와 현재의 뒤섞임으로 몸을 바꾸면서 나타난다.

굴껍질 향내 듯나는
바위에 홀로 앉아
바다를 어루만지면

물결이 부드런 손을 내밀고
내게로 안겨 온다

아득한 그날을 그려
향수에 젖은 바위돌들

이제 말문을 닫혀
아무 말이 없다

---

30) 가스통 바슐라르, 『물과 꿈』, 77쪽.
31) 김용호 시의 전편에 무수하게 살포되어 있는 '바다'는 이러한 심리적 기반에서 설명
　　될 수 있다.

　　나도 바위처럼 살다
　　이 물결에 안겨 죽을까부이
—「바위처럼」 전문

　　따옴시의 전반부인 1,2연은 시점이 모호하게 섞여 있다. 과거 혹은 현재로도 읽을 수 있는 모호함이 있는 것이다. 시적 주체가 바다를 어루만지자, 이에 화답하여 물결이 부드런 손을 내밀고 안겨 오는 이런 친화적 관계[32]가 과거에 실현된 것인지, 아니면 현재에 실현되고 있는 것인지 분변할 수 없도록 뒤섞여 있는 것이다. 말하자면 '향수'를 매개항으로 해서 과거의 것으로 넘겨야 할 것인지, 아니면 '아득한 그날을 그려/향수'한 결과에 따라 현재로 몸을 실현시킨 것인지 장담하기 어렵게 되어 있다는 말이다. 과거와 현재가 따로 없는 경계의 소멸이다. 그런데 이 모호한 경계, 혹은 경계의 소멸이 시인의 의도를 성공적으로 수행하는 결과로 나타나고 있다. 뜻밖에도 모호한 이 경계가 과거와 현재의 간극을 메우는 방향으로 독서 경험을 이끌고 있는 것이다. 현재가 '아득한 그날'이 되면 분리의 불행한 경험이란 존재하지 않게 되는 때문이다. '아득한 그날'은 언제이며 어떤 삶의 모습일까. 시적 주체와 바다의 관계에서 추적되어야 할 것 같다. 바다가 고향의 물질 이미지라면, 바다 지향성은 분리의 경험을 봉합하는, 그러니까 간극의 부재를 확보한 삶의 모습일 것으로 짐작된다. 그 결과 시적 주체는 '말문을 닫혀/ 아무 말이 없다'. 간극의

---

32) 이런 친화적 관계가 모든 시편에서 다 발견되는 것은 아니다. 가령, 「물결을」에서의 경우, "이미 파아란 바다도/ 들판도 없는 황토길"과 같은 구절을 보면 현실 인식의 측면이 위 시편과는 양가적으로 대립 · 충돌하고 있는 양상이다. 현실인식이 승하여 시인의 의식의 수면 위로 떠오른 데에서 온 당연한 결과이다.

부재에 대한 시적 주체의 태도 표명이며, 밖의 소란뿐만 아니라 내부의 분답스러운 소리까지 잠재우는데 성공했다는 내심의 표현이다. 그리고는 '바위처럼 살다' 가고 싶어 한다. 그 유추는 안팎의 소리들로부터의 거리두기와 그 소리들에 휩쓸려가지 않겠다는 의지에서 터무니를 갖는다.

5. 마무리

시에는 어떤 지향성이 있기 마련이다. 그것은 세계와는 분리될 수 없는 연유에서, 그리고 세계를 사는 한 방식이 시가 되는 까닭에서이다. 혹은 세계는 불합리한 모순으로 미만해 있어 순리의 길을 가지 않기 때문에 시는 지향성을 갖게 되는 것이다. 문제는 불순한 세계에 대한 시인의 감지 기능인데, 유별나게 민감한 게 탈이다. 이 민감한 지점에서 시의 고뇌, 시인의 고민은 시작되고, 그 고뇌와 고민의 끝에 시인은 마지막 결단의 윤리적 카드를 던진다. 그 결과, 세계에 대해 공격적인 시로, 혹은 우회적으로 빙 돌아가면서 세계를 비웃거나 조롱하는 시로, 그것도 아니면 아예 세계 그 자체를 부정하여 마땅한 세계를 창조하는 시가 나타난다.

7권의 시집을 가지고 판단하면, 김용호 시인은 이 세 방법을 모두 구사할 수 있는 전천후 시인이다. 『푸른 별』은 세 번째의 윤리적 결단을 내린 시집인데, 말하자면 어떤 세계에 대한 지향성을 겨냥하여, 시대 논리를 배반한 역설적인 방법으로 마땅한 세계에 대한 회감을 노래하고 있는 것이다. 회감은 분리가 심각한 지경에 빠질 때 소환되는 시적 정서의 표출 방법이다. 김용호의 시대는 분리와 소란한 소음의 시대였다. 소란한 소음의 현실과 음성적 거래를 한 적이 없었으며, 오히려 비분한 기침을 토했던 선비적 기질의 김용호에게 있어 『푸른 별』은 민족 현실에서 한 발 물러선 채 자신과 민족의 자의식을 버팅기는 노력 내지 방법론을 모색하고 있는 시집이었다. 말하자면, 온전한 세계에 대한 이해와 경험을 기저로 하여 척박하고 불온한 현실에 내던져진 민족의 영혼을 맑게 정화시키고 고무시키려는 자각과 실천을 동반하고 있는 시집인 것이다. 그의 말[33]대로 "가장 높은 인생의 이상이 압축되고, 응결된 형태로써 나타난 것이 바로 시"가 되는 것이며, 그것의 결정인 『푸른 별』에 수록된 시편의 하나하나가 "스스로가 사색하는 세계요, 염원하는 세계요, 향수하는 세계인 동시에 행동하는 세계"가 되는 것이리라.

『푸른 별』이후에도 불온한 소음의 근대성이 침범하여 분란을 일으키고 분리를 촉진할 때마다 강단(剛斷)의 시정신을 비장한 채 간극의 부재를 향하여 분연히 나아가는 시인의 모습을 목도할 수 있었는데, 『날개』, 『의상세례』 등의 말기 시집이 그 확실한 증좌이다.

---

33) 김용호, 『詩園散策』, 精硏社, 1964. 227쪽.

강외석(2006), 『피그말리온의 풍경』, 새미.
김상배(1978), 「역사적 현실과 시적 자아」, 단국대 논문집(1978.12)
김용호(1949), 『시문학입문』, 남광문화사.
　　　　(1964), 『詩園散策』, 精硏社
문덕수(1984), 「김용호 시연구」, 시문학, 1984.4
박태일(1989), 「김용호 시의 세계체험과 그 틀」, 가라문화 제7집, 경남대학교
　　　　가라문화연구소.
송하섭(1972), 「서민의식의 확대와 승화」, 국문학논집 5,6호. 단국대
　　　　(1983), 「학산 김용호론」, 『김용호시전집』, 대광문화사.
송수복(1983), 「서정과 현실 그리고 죽음」, 『김용호시전집』, 대광문화사.
이성교(1983), 「김용호론」, 『단국문학』 2집, 1983.
조동구(2005), 「김용호 시연구」, 『경남의 시인들』, 새미.
진순애(2002), 「박목월 시의 신화적 시g간」, 우리말글학회 전국학술발표대회.
가스통 바슐라르(1995), 『공간의 시학』(곽광수 역), 민음사.
　　　　　　　(1996), 『물과 꿈』(이가림 역), 문예출판사.
에릭 프롬(1987), 『사랑의 기술』(황문수 역), 문예출판사.

김용호의 후기시 연구
─ 시집 『날개』와 『衣裳洗禮』를 중심으로 ─

조 동 구(부경대학교 교수)

Ⅰ. 서론

　학산 김용호의 시세계는 크게 세 단계로 나뉜다. 시대가 주는 절망과 비애를 자조와 자학으로, 또는 분노와 초극의 신념과 결연한 의지로 노래한 초기시(첫 시집 『饗宴』과 두 번째 시집 『해마다 피는 꽃』), 향수를 바탕으로 한 회고와 순수 서정, 구국의 의지와 민족정기를 노래한 중기시(세 번째 시집 『푸른 별』과 발표 순서로 볼 때 제5시집에 해당하지만 중기시로 묶을 수 있는 『南海讚歌』), 그리고 현실의식을 바탕으로 일상적인 생활 현장과 서민의 애환을 노래한 후기시(제4시집 『날개』와 마지막 시집 『衣裳洗禮』)가 그것이다.[1]

　그러나 그의 전체 시세계를 관통하고 있는 것은 무엇보다도 조국과 민족에 대한 한결같은 사랑이다. 1935년 등단 이후 1973년 작고하기까

---

[1] 각 시기와 시의 특질에 대한 분석은 논자들에 따라 조금씩의 차이를 보인다. 이성교는 각 시기의 특질을 '절망과 비애', '회고와 순수주의', '현실과 서민의식'으로 나누고 있으며, 송수복은 '고향에 대한 회고적 서정', '민족의식에 입각한 현실의식', '죽음의식'으로 나누고 있다. 또 송하섭은 시집별로 『향연』; '좌절과 비애, 자학', 『해마다 피는 꽃』; '치열한 현실의식', 『남해찬가』; '장열한 민족혼', 『푸른 별』; '향수와 서정의 극치', 『날개』; '서민의식', 『의상세례』; '서민의식의 확대와 승화'로 분석하고 있다. 하지만 이같은 특질들이 각 시기별로 편차를 보이기는 하지만, 그의 시세계 전반을 걸쳐서 꾸준히 지속되어 온 것으로 파악된다.

지 30여 년의 시작활동을 통해 그는 민족이 처한 현실을 정면으로 마주하면서 언제나 정직하고 당당한 자세를 잃지 않았던 시인이다. 비록 60년대 중반 이후 시작활동이 뜸해지긴 했지만, 첫 시집『饗宴』 (1941)에서부터 마지막 시집『衣裳洗禮』(1962)에 이르기까지 그는 현대사의 각 고비마다 자신의 시를 통해 민족 현실과 시대적 요청에 당당하게 응했던 시인이었다.

그런 점에서 본고는 그의 조국과 민족에 대한 사랑이 어떠한 것이 었는지, 특히 1950년대 중반 이후의 후기시들에서 어떤 방향으로 변화, 발전되어 나가는지를 중심으로 살펴보고자 한다. 그것은 이 무렵에 이르러 그의 민족과 역사에 대한 애정과 관심이 좀 더 구체화 되고 현실화되면서 일상과 서민에 대한 사랑과 인정으로 승화되기 때문이다.

Ⅱ. 본론

1983년에 나온『김용호시전집』(대광문화사)은〈遺詩集〉『混線』 과 遺稿, 그리고 미정리 작품을『그날을 위하여』와『갈래길에서』 의 제목으로 수록하여서 1960년대 중반 이후의 시세계를 전체적 으로 조망할 수 있게 해준다. 그러나『갈래길에서』의 시들은 메모 류나 노트에 정서된 채 발표되지 않았던 것들로 시형식이나 내용 또한 작품으로서 충분한 조건을 갖추지 못하고 있다.『그날을 위하여』의 시들 또한 여러 지면을 통해 발표된 것이기는 하지만 새해 초하루나 3.1절과 광복절, 6.25 등의 기념일에 부친 기념시 내지는 행사시가 대부분이며 일반 시들도 앞선 시집들에 수록된 시들에 비해서는 작품성이 현저히 떨어지는 것을 확인할 수 있다. 다만 〈遺詩集〉『混線』에 수록된 작품들 가운데「庶民의 메뉴」등 몇몇 작품은『날개』와『衣裳巡禮』에서 이어지는 후기시의 특질을 나름대로 보여주고 있다. 본고에서는 김용호의 후기시의 특성을『날개』(大文社, 1956)와『衣裳巡禮』(일조각, 1962), 두 권의 시집을 중심으로 살펴보고자 한다.

1. 현실의 비판적 수용과 극복

김용호의 네 번째 시집『날개』(1956)는『饗宴』,『해마다 피는 꽃』, 또는『푸른 별』(1952)등 이전의 시들과는 다르게 현실생활에 많은 관심을 보이고 있다. 이전의 시들이 민족이 처한 현실을 역사적 안목을 통해 비극적으로 승화하고자 하는 노력을 보였다면 이 시집에 와서는 그가 처한 시대적 삶의 구체적인 현실에 적극적인 관심을 보이게 된다.

특히 많은 작품들에서 그는 전후의 황폐하고 혼란된 시대를 살아가면서 겪을 수밖에 없었던 현실의 부조리와 모순을 날카롭게 비판하고 있다. 그 중에서도 먼저 지극히 모순되고 불합리한 전후의 사회적 현실과 시대적 상황 속에서 경험하게 된 인간 실존의 고민과 현실적 고통을 노래한 시를 들어보면 다음과 같다.

> Y
> 나는 때늦게 이제야 안다.
>
> 넌
> 이 어쩔 수 없는 人生에
> 두팔을 들고 降伏한 나의 符號란 것을
> ──「Y라는 符號」, 끝 부분

하늘을 향해 두 팔을 벌리고 서 있는 사람의 모습을 알파벳 'Y'에 비유하고 있다. 원래는 사랑하는 사람의 이름이었으며, 동경과 영원으로 통하는 문이었는데, 오히려 이제는 "靈肉은 二律背反하고/兩極 사이에 낀 弱者"로서 더 이상 탈출구나 구원을 찾지 기대할 수 없음을 절망적으로 노래한다. 미래의 영화와 영원을 동경하고 갈구하는 긍정적이고 희망적인 모습보다는, 오히려 신에게 버림받고 좌절에 빠져 '항복'하고 마는 인간 실존의 고통스러운 형상으로 그려내고 있다. 이와 같은 절망과 고통, 좌절과 패배의 모습은 다른 시에서도 "等外品"(「淸溪川邊」)이나 또는 "절름발이"(「날개 (1)」), 또는 "피에로"(「날개 (2)」) 등으로 그려지고 있다.

전후의 이와 같은 혼란한 현실과 부조리한 상황에서 겪게 되는 고통과 좌절의 모습은, 따라서 다음 작품에서처럼 어느 곳에도 안착하지 못하고 방황하며 떠도는 모습으로 나타난다.

아무런 因緣도 없는 숫한 사람들과
한 運命에 담겨 난 또 어디로 가야 하느냐

지난날
靑春 위에 항홀히 핀 作別도 그리고 그 作別이
도리어 너와 나의 距離를 가깝게 했지만

이제
나의 <트렁크>는 이만치 낡고
<플랫홈>엔 옛 기억처럼 눈이 나려

<오버>깃을 올리고 목을 움츠리는 이런 무렵
너는 어느 다른 <플랫홈>에서
汽車를 기다리고 있는 것이냐

새삼스레 밀물 하는 것
그 메꿀 수 없는 距離가
너와 나 사이에서 추위에 언다.
—「플랫홈에서」

　많은 사람들과 함께 가고 있지만 어느 곳으로 가야 할지도 모르는 상황, 오로지 운명으로 받아들일 수밖에 없는 지극히 패배적이고 나약한 모습만이 제시되어 있다. 이와 같은 정처없음과 외로움의 힘든 인생여정은 "이제 표해 둘 停車場도 없는 나"(「離別詞」)가 "홀로 가야만 하는 길"(「距離」) 등으로 표현되고 있다. 이러한 절망과 좌절, 방황과 고뇌는 전후의 혼란한 시대적 상황 속에서 어쩔 수 없이 경험하게 되는 현실 삶의 가혹함에서 비롯된 것으로, 시대와 현실에 대한 시인 나름대로의 정직한 반응으로 볼 수 있을 것이다.
　그런데 이러한 고달프고 힘들어 방황하는 모습은 이 시집 <후기>에서 다음과 같이 토로된 것이었다.

> 詩가 어렵다는 것은 바로 人生이 어렵다는 것과 마찬가지가 아닌
> 가 생각됩니다.
> 나를 아껴주는 어떤 한 讀者가 어느 때 이런 말을 나에게 한 일이
> 있습니다.
> <당신의 詩의 世界는 왜 그처럼 자릴잡지 못하고 彷徨하고 있느
> 냐>고. 이 물음에 나는 아무 대꾸도 하지 않았습니다. 肯定도 否定도.
> 좋든 궂든 나는 나를 믿지 않을 수 없습니다. 그러면서도 스스로를
> 못믿는 이 矛盾과 撞着은 그대로 나의 苦悶의 始發点이 아닐 수
> 없습니다. …(중략)… 나는 이 宿命을 어깨에 짊어지고 언제까지
> 彷徨할는지 나 自身도 모를 일입니다. 그야 쉽사리 <安>할 수 있는
> 사람은 幸福하겠지요. …(중략)…
> 人生을 彷徨하는 나의 道程의 발자취일 수밖에 없을 듯 합니다.2)

모순과 당착을 안고 방황하며 살아가는 것이 인생이며 그 도정의
기록이 시라는 생각이다. 때로는 '두 손을 몽땅 끊어버리고 시를
쓰지 않으려고' 했던 적도 있으며, '인생을 포기하려고 참혹할 정도로
괴로워했던 적도 있음'을 고백하면서도 시를 숙명처럼 받아들이고
써나가고자 하는 다짐과 신념을 담고 있다.

따라서 이와 같이 고통과 방황을 수반하는 시와 삶을 적극적으로
수용하고자 하는 태도는 그를 현실에 패배하거나 주저 않게 만들지
않는다. 오히려 모순된 현실을 극복하여 새로운 출발을 할 수 있도록
자극하고 있다. 다음 시는 '날개'의 표상을 통해 절대 가치를 실현하고
자 하는 비상을 꿈꾸는 시인의 자아가 뚜렷하게 드러내 보이고 있다.

---

2) 김용호, 『날개』(대문사, 1956)의 <후기>

거리에 서면
부후연 먼지와 거센 바람

파아란 하늘이 그리워
발돋움하면
넌, 나를
절름발이라 하는구나.

어디메로 가는 구름이기에
「이스라엘」 백성이 바라 보던 구름이기에
움패인 마음 한 구석에
철늦은 비를 따루느냐

먼지도
바람도
비도
모다 멎어라

질긴 땅속, 뻗은 뿌리에
싹은 터라

내
날고 싶구나
짧은 한쪽다리를 어루만져
내 날고 싶구나

날개돋힐 두어깨에
힘은 솟아라

—「날개 (I)」

시인이 처한 현실은 "부후연 먼지와 거센 바람"만 부는 전후의
황폐하고 혼탁한 상황이다. 파란 하늘을 향해 비상하고자 하지만

모두들 이를 인정해 주지도 않는다. 하지만 시인은 그러한 현실에 주저앉거나 패배하지 않는다. 오히려 가혹한 현실에 당당히 맞서 부정과 불의를 "모다 멎으라"고 결연하게 외친다. 그리고 죽음처럼 깊게 파묻힌 뿌리에서 새로운 생명과 기운이 싹트기를 기원한다. 그는 이 시를 통해 현실과 역사에 대한 시인의 강직하고 올곧은 시정신을 분명하게 밝히고 있다. 새로운 가치관과 진정한 삶의 회복을 위해 시인은 '날개'를 달고 비상하는 자기 극복과 초월을 스스로에게 강하게 요구하고 있는 것이다.

이러한 준엄한 시대의식과 자기 각오와 다짐은 다음과 같은 시에서 서슬 푸른 모습으로 노래된다.

> 不條理의 壓力이 加 해지면
> 나는 不當히도 그만치 下降해야 한다.
> 거기에 바르르 떠는 나의 抵抗의 밀물……
> 하지만 나는 곧 나의 位置로 언제나 재빨리 還元한다.
> 出發點이요 終着点인 零 , 그것이 바로 나의 位置다.
>   ―「앉은뱅이저울의 노래」, 부분

시인은 스스로를 두 팔 두 다리 다 잘린 모습의 앉은뱅이저울에 비유하고 있다. 앉은뱅이저울은 구석에 왜소한 모습으로 놓여있지만 어떤 물건의 중량도 정확하게 잴 수 있다. 특히 시인은 여기서 저울을 누르는 부당한 힘의 존재를 강조하는데, 그 힘이 크면 클수록 더 강하게 반발하는 자기 회복과 저항의 힘을 믿고 있다. "바르르 떠는 나의 抵抗의 밀물"처럼 다시 '0'으로 환원하여 머리를 곧추세우는 저울침의 모습은 바로 현실과 시대의 부조리하고 모순된 상황에

마주 서서 뛰어넘을 수 있는 시인의 굳은 자신감과 믿음을 나타내주는 것이라고 하겠다.

2. 서민의식과 공생의 미학

그러나 현실에 대한 적극적 관심과 비판, 극복의지는 이웃과 주변의 일상적 삶에 대한 사랑과 인정으로 확대되면서 서정적 깊이를 더하게 된다. 특히 그의 현실에 대한 관심은 시대와 역사, 민족이라는 추상적이고 개념적인 것에서부터 서민들의 일상적인 생활 현장으로 밀착하여 구체화되면서 현실감을 획득하게 된다.

어디든 멀직암치 통한다는
길 옆
酒幕

그
수없이 입술이 닿은
이빠진 낡은 사발에
나도 입술을 댄다

흡사
情처럼 옮아 오는
막걸리 맛

여기 代代의 슬픈 路程이 集散하고
알맞은 자리, 저만치
威儀있는 頌德碑 위로

맵고도 쓴 시간이 흘러 가고

세월이여!

소금보다도 짜다는
人生을 안주하여
酒幕을 나서면

노을빗긴 길은
가없이 길고 가늘더라만

내 입술이 닿은 그런 사발에
누가 또한 닿으랴
이런 무렵에
—「酒幕에서」

　　인생을 나그네 길에 비유하면서 나그네가 거쳐 가는 주막의 서민적
분위기와 막걸리의 소박한 맛이 어우러져 순박한 서민들의 애환을
잔잔하게 읊어내고 있다. 석양 무렵 주막에서 이빠진 낡은 사발로
마시는 막걸리의 맛과 취향이 인생을 관조하게 하고, 威儀 있는 송덕
비의 호화로운 삶이나 주막을 거쳐 지나가는 서민들의 삶이나 결국은
흘러가는 세월 속에서 모두 허무한 것임을 노래하고 있다.
　　특히 '이빠진 낡은 사발'에 닿은 입술을 통해 '흡사/情처럼 옮아
오는/막걸리 맛'과 같은 구절은 시인 특유의 소박한 인정과 서민과
함께 하는 따뜻한 연대의식을 느끼게 해주는 부분이다. '맵고도 쓴
시간'이나 '소금보다도 짜다는/인생', '노을빗긴 길은/가없이 길고
가늘더라'와 같은 구절에서 다소 허무적이며 체념적인 감상을 볼
수 있지만, 나그네의 고독과 서민들의 애환을 함께 하면서 살아나가고

자 하는 시인의 따뜻한 서민의식을 느껴볼 수 있다.

그런 점에서 다음과 같은 시는 이전의 시들에서 찾아보기 힘든 포용과 긍정의 정신이 돋보인다. 이웃과 일상에 대한 애정이 서민의식으로 승화되면서 이루어낸 김용호 시가 이룬 가장 뛰어난 성과라고 해도 지나치지 않을 것이다.

> 꽃이랑 향기랑
> 그런건 애당초 가져 본 일이 없다.
>
> 이름조차 없는 열묶음 雜草라서
> 자랑이랑 씨가 없고
> 우쭐댈 밑천이 아예 없다.
>
> 사람들은 날, 무척 성가시다고 한다.
>
> 미움처럼 돋아난 손발을
> 무시로 잘리우기 일수라서
> 땅속깊이 뿌리를 뻗는 버릇이
> 조상때부터 생겼다고 한다.
>
> 알맞은 水分과 토실토실한 흙젖과
> 또하나 그 누구도 막지못할 太陽이 있어
> 生命을 가꾸기엔 그리 모자랄게 없다.
> ―「雜草의 노래」

생활의 사치나 화려함을 아예 모르고 태어난 서민들의 삶, 이름조차 없는 평범하고 자랑할 것도 없는 보잘 것 없는 인생이지만, 잡초가 땅 속으로 뿌리를 뻗듯이, 주어진 현실을 긍정적으로 수용하는 서민정신의 진수를 보여준다. 성가시다고 손가락질 받고 손발이 잘리듯 외면되고 배척당하지만, 이에 굴하지 않고 잡초들끼리 뿌리를 엮는 긍정과 화합, 연대와 공생의 인생철학이 시의 서정적 미학으로 승화되어 있다. 특히 김용호의 지난 시들에서 많이 보았던 격렬하고 강한 언어와 호흡 대신에 가볍고 맑은 시어와 차분하고 여유로운 호흡이 시의 전체 분위기를 밝고 긍정적인 방향으로 유도하고 있다.

3. 회귀와 비움의 세계

『衣裳洗禮』는 『날개』가 나온 지 만 6년 만에 나온 마지막 시집이다. 그해서 그런지 『衣裳洗禮』는 『날개』와는 매우 큰 차이를 보인다.

그것은 시집의 <후기>에서부터 확인된다. 다른 시집의 서문들이 시집을 내기까지 감추었던 시인의 내면풍경을 상당히 진솔하고 구체적으로 드러낸 것에 비하면 이 시집의 후기는 너무 덤덤하다. 오히려 사무적이라고 할 정도로 밋밋하다. 다만 계속 시를 써나갈 것임을 다짐하는 모습이 어색할 정도다. 특히 『날개』 후기에서 시와 인생의 방황과 고민을 숙명으로 받아들이고자 하던 적극적인 모습과는 상당히 차이가 난다.

또 이 시집의 또 하나의 특징은 산문시 형태를 많이 쓰고 있다는 점이다. 시집 전체 시편의 4분의 1이 산문시 형태로 되어 있는데,[3] 그의 시형태에 대한 다양하고 적극적인 도전과 실험의식의 반영일수도 있지만,[4] 시의 전체적인 내용과 분위기를 형성하는 데 긴밀하게

---

3) 송하섭, 「庶民意識의 擴大와 昇華」, 『국문학논문집』 5,6집, 단국대, 1972, 139면.

연관되어 있다는 점에서 나름대로 그의 성숙된 시의식이 반영된 결과라고 하겠다.

그러나 무엇보다도 이 시집이 보여주는 가장 중요한 특징은 그의 전체 시작활동 중에서 가장 화자지향적이라는 점이다. 그리고 화자인 '나'에 대한 집요한 탐색과 물음을 계속 던지고 있다는 점이다. 그런 점에서 『푸른 별』과 『날개』가 '너'에게 집중하던 모습과는 큰 차이를 보인다. 그러나 이전까지 집요하게 추궁하던 '너'라는 대상이 바로 '나'였다는 것을 확인하면서 오히려 그 동안의 '너'에 대한 집요한 추궁과 '나'와의 관계 설정에 대한 의문이 보다 분명해진다.5)

<옳다! 이제 알았다>
어떤 啓示인가, 나는 그 긴 摸索과 探究의 旅路에서 내가 편지를 보내야 할 당신이 누구인가를 드디어 알았다. 당신이란 바로 <내>였던 것이다. 고된 巡禮는 이제 끝나도 좋았다. 나는 <당신>인 <나>에게 편지를 쓰기 위하여 敬虔한, 조용한 心情 아래 등불을 밝히고 이 멋진 가을밤에 책상머리에 앉았다. 얼마나 황홀한 發見이냐! 나의 편지는 이 제 자꾸 계속될 것이다. 그리운 당신인 내 자신에게 -.
—「편지」, 끝 부분

『푸른 별』과 『날개』의 '너'는 다양한 대상, 또는 상대를 가리키고 있었다. 때로는 '님'의 상징이기도 했었고 추구하는 긍정적 가치나

---

4) 송하섭, 위의 글, 같은 면 참조.
5) 김용호 시에 나타난 '나'와 '너'와의 관계에 대한 논의는 송합섭의 위의 논문을 비롯해 박태일의 「김용호 시의 세계체험과 그 틀」(『가라문화』7집, 경남대, 1989. 12), 강외석의 「회감(回感)의 노래-김용호의 『푸른별』론」(『배달말』,) 등이 있는데, 그 상관관계를 통해 김용호 시에 대한 접근을 꾀하고 있다. 그러나 본 연구는 이에 대한 상세한 논의보다는 『衣裳洗禮』에서 확인되는 '나'의 의미 발견에 주목하고자 한다.

상실과 부재의 대상, 또는 자연과 같은 것들의 총화였다. 그런데 이 시집에 와서 비로소 시인은 그것이 바로 '나'라고 발견하고 있는 것이다. '황홀한 발견'이라고 놀라고 행복해 하고 있는데, 기실 그 또한 이미 그것을 알고 있었으며 짐짓 스스로 이를 확인하는 제스처를 쓴 것으로 볼 수 있다.

그것은 바꾸어 말하면 자연과 대상, 추구하는 긍정적 가치나 철학 등이 이제 '나'에게 수렴되고 있으며, 자신으로 회귀함으로써 보다 정직하고 분명한 존재와 인생의 의미를 깨달을 수 있게 되었다는 표현이기 때문이다. 그런 점에서 유달리 이 시집에서 '나'와 인생에 대한 물음을 많이 던지고 있다. 그리하여 그는 스스로 '나'를 다음과 같이 확인하고 있다.

> 나도 한 잎 落葉일 뿐, 끝내 그뿐인 것을(「끝내 한잎의 落葉인 것을」)
> 슬픈 解體! 난 童話의 세계에서 追放되어 解體된지 오래입니다 (「슬픈 解體」)
> 한 잎 落葉이 되어 나도 끝내 떨어져야만 하는가(「기을을 感傷한다」)
> 時間에 밀려 한 空間에 定着한 生命은 誤植한 神의 行蹟(「階段 있는 三重奏」)

'허무'라고 할 수 있을 정도로 상실과 종말의 부정적 이미지로 '나'를 채색하고 있다. 하지만 슬픔이나 비애보다는 오히려 여유와 관조와 같은 차분하고 조용한 느낌을 준다. 이러한 여유와 관조는 그럼 어디에서 오는 것일까? 그것은 '나'를 발견하고 확인하면서 스스로를 비울 수 있었기 때문이다.

> 이처럼 빈 것은 무엇 때문일까. 무엇 때문에 이처럼 비어야 하는가.
> 銀杏나무는 孕胎하이고 곧잘 死産한다. 受難이다. 줄기 찬 苦行의
> 連鎖에서 열매 아닌 땀방울만을 낳는다. 한 地點에 굳굳하여 영원히
> 流動하고 鄕愁하는 그 孤高 때문, 그처럼 비어야 하는 것이다. 비지
> 않곤 못견디는 것이다. 그 悽絶한 生命의 營爲를 위하여 그처럼
> 비어야 하는 것이다.
> ―「銀杏나무가 되어」, 마지막 연

은행나무가 한 자리를 지키고 흔들리지 않으면서 많은 열매를 생산하듯이 회한마저 안으로 다스리면서 스스로 비워져 세월의 연쇄를 이어가는 것이 바로 인생이라는 의미이다. "처절한 생명의 영위를 위하여" 안으로 비어서 오히려 영원히 충만할 수 있다는 역설의 세계를 이 작품은 매우 잘 보여주고 있다고 하겠다.

그런 점에서 그는 삶의 진정성과 허위 내지는 가식의 경계에 대해서 분명히 질타한다.

> 죽음은 얼마나 즐거운 것이냐
> 슬픈 건 한 개 假飾의 造花인 것이다.
> ―「非情의 詩」, 마지막 9연

'공인 도박장'인 상가(喪家)를 나와 동대문시장 해장국집에 앉은 시인은 상가의 풍경을 그리고 있다. 가장 엄숙하고 슬퍼야 할 상가에 모인 서민들의 삶에 나타난 가식성과 허위를 통해 삶과 죽음의 의미를 새롭게 확인하고 있다. "壁을 사이하여/죽음은 도리어 즐거운 것"이

될 수밖에 없는 현실과 '슬픔은 한 개 假飾의 造花'일 수밖에 없는 일상적 삶의 허위성을 준열하게 꼬집고 있는 것이다.

인생의 이와 같은 가식과 허위성에 대한 발견과 비판은 이 시집 여러 작품들에서 나타난다. 특히 이 시집의 표제시인「衣裳洗禮」는 화장으로 추함을 감추는 위장과 가식을 통렬하게 비판, 풍자하고 있으며, 나아가 아름다움은 자연을 마주하는 순수를 통해 완성할 수 있다고 하는, 인간성 회복과 삶의 진정성을 강조하게 된다.

그런 점에서 다음의 시「原稿用紙」는 삶의 진정성을 찾아서 시인이 얼마나 오랫동안 힘들게 살아왔으며, 또 변함없이 시작을 통해 삶을 완성('復活')하고자 다짐하고 있는가를 잘 보여주고 있다. 원고지의 빈 공백만큼이나 메꾸기 힘든 삶이지만 생명을 조각하듯이 나의 모든 피와 땀을 투입하겠다는 각오는 30년 가까운 시작활동을 넘어서 다시 출발하고자 하는 그의 시인으로서의 면모를 새롭게 확인시켜 준다고 하겠다.

모두가 잠든 이 한밤중에
등불을 밝히고 니 앞에 앉는다.

─기인 세월의 흐름 속에
나는 너 함께 살아 왔다.

한 사나이의 피와 땀이
너에게로 배어진다.
아니, 生命이 彫刻되는 것이다.

한 칸, 한 칸의 너의 空白을

나는 정성들여 메꾸고
빛나는 來日에 스스로 황홀한다.

그렇지만 어찌하랴
메꾸어도 메꾸어도 메꾸어지지 않는
나의 인생……

그러나 난 너를 놓칠 수가 없다.
너는 내 앞을 떠나서는 안된다.

죽음이 오는 마지막 그날까지
내 生命의 그 모든 것을
너에게 옮겨 彫刻해 놓아야겠다.

復活하리라
復活하리라

그러한 내 人生의 보람을 위하여
이 한밤중에도 난
굳굳이 너 함께 사는 것이다.
—「原稿用紙」

Ⅲ. 결론

　김용호는 일제말과 해방, 6·25전쟁과 전후의 황폐하고 혼란한
시기를 겪으면서 한국 현대사의 각 고비마다 시를 통해 민족과 조국의
운명을 노래하고 민족 현실의 새로운 발전을 꿈꾸었던 시인이다.
시인은 때로는 좌절과 절망에 빠지기도 하였지만 그때마다 준열한

역사의식과 민족애를 담은 시작품을 통해 이를 초극하는 만족정신의 승리를 보여주었다. 특히 일제말의 장시 「낙동강」과 이순신 장군의 일대기를 그린 서사시 『南海讚歌』는 시인의 웅혼한 조국과 민족애가 어떠한 것이었는지 단적으로 보여준다.

그러나 김용호의 시가 지닌 보다 중요한 성과는 해방과 6·25 전쟁의 혼란을 거치면서 겪었던 궁핍하고 가혹한 현실에 대한 준엄한 비판의식과 그 시대를 살아나가는 일상 서민들의 삶에 대해 보여준 깊은 이해와 따뜻한 애정이라고 할 수 있다. 『날개』의 시들은 전후의 황폐하고 혼란된 사회를 살아나가면서 때로는 방황과 고통을 겪기도 하지만 궁핍한 현실의 부조리와 사회적 모순을 날카롭게 비판하면서 새로운 비상을 위한 자기 극복과 초월의지로 이를 극복하는 모습을 노래하고 있다. 뿐만 아니라 이러한 그의 현실의식은 이웃과 주변의 일상적 삶에 대한 관심과 애정으로 확대되면서 구체적인 서민의식의 실현과 공생과 유대의 미학을 보여주게 된다.

한편 그의 마지막 시집 『衣裳巡禮』는 오랜 시작활동의 연장선상에 서 삶과 시에 대한 근원적인 성찰을 꾀하고 있다. 그리고 그것은 '나'에로 회귀하는 것과 '비움'을 통해 충만해진다고 하는 시와 삶의 역설적 의미를 깨닫는 것으로 귀착되고 있다. 특히 가식과 허위를 벗겨내고 삶의 진정성을 찾고자 하는 모습과 비움으로써 얻게 되는 여유와 안정된 시세계는 김용호 시가 도달한 하나의 괄목할만한 성과의 하나라고 하지 않을 수 없을 것이다.

김용호의 시 세계
―『날개』를 중심으로

김 향 라(시인, 경상대학교 강사)

1. 머리말

학산(鶴山) 김용호(金容浩)는 1912년 경남 마산에서 태어나 1973년 61세의 나이로 영면한다. 그는 일제 식민지의 처참한 상황과 8·15해방, 6·25의 체험까지 그야말로 한국 현대사의 격변기를 살아온 시인이라 할 수 있다. 그는 23세가 되던 1935년, 동아일보에 「出帆」과 「入港」을 발표하고 『新人文學』8월호에 <내 사랑하는 여인아>를 발표함으로써 시작활동(詩作活動)을 시작한다. 이어서 10월에 <첫여름 밤 귀를 기우리다>와 <쓸쓸하던 그날>을 『同誌』12월호에 발표하고, 그후 『饗宴』(1941), 『해마다 피는 꽃』(1948), 『푸른 별』(1952), 『날개』(1956), 『南海讚歌』(1957), 『衣裳洗禮』(1962)등 여섯 권의 시집을 발간하였다. 작고 후, 1974년 제자들에 의해 遺時集『混線』이 발간되었으며, 1983년에는 그의 10주기를 맞아 기념사업의 일환으로 『金容浩詩全集』이 대광문화사에서 간행되었다.

김용호의 전체적인 작품세계에 대한 선행연구를 살펴보면 다음과 같다. 우선 작품세계를 시기별로 구분하여 분석한 연구들이 있다. 김해성은 「金容浩論」[1])에서 김용호의 시를 初期詩觀, 中期詩觀,

現在詩觀으로 구분하고, 시집『饗宴』을 중심으로 문단데뷔시대부터 해방 전까지를 초기시관으로 파악하여 "민족정신의 전통을 개안하여 향수적인 善美한 감정의 정화로 詩化"했음을 지적했고, 해방 후 시집『해마다 피는 꽃』으로부터『푸른 별』,『南海讚歌』,『날개』를 거쳐『衣裳洗禮』를 발간하기까지 5권의 시집이 나온 약 20년간을 中期詩觀으로 파악하여 "순수서정 - 순수애정 - 인종정신의 구체적 의미탐구와 생활화된 시정신의 發光 發散과 自己가 自己化하여 자아안정의 세계"였음을 지적했다. 그리고 그 이후를 現在詩觀으로 파악하여 "생활 속에서 우러나온 진실한 실생활의 체험과 감응의 조절에서 오관수련을 거쳐, 感解된 시관이며, 生活의 예지에서 체험한 言語識組가 新開地와 新生地를 뚫고 있음을 볼 수 있다"고 풀이하였다. 이성교2)는 김용호 시를 크게 3기로 분할하였다. 초기는 습작기부터 두 번째 시집『해마다 피는 꽃』까지, 중기는 세 번째 시집『푸른 별』부터 다섯 번째 시집『南海讚歌』까지, 그리고 후기는 여섯 번째 시집『날개』부터 유고시집『混線』까지이다. 이 연구는 김용호 전작에 대한 본격적인 연구의 시작이라 할 수 있다. 다음으로 '서사시'에 대한 작품론의 선행연구를 보면 다음과 같다. 민병욱3)과 김홍기4)는 각각 서사시「낙동강」과『南海讚歌』에 관해 시적재창조는 미흡한 역사적 상황의 재창조라는 측면에서 파악했다. 한이

---

1) 金海星,「金容浩論」,『韓國現代詩人論』,(금강출판사, 1973, pp. 191~248.

2) 이성교,「金容浩論」,『現代詩人論』, (형설출판사, 281~302.

3) 민병욱,「김용호의 서사시 세계와 서사정신」,『한국 서사시와 서사시인 연구』, (태학사, 1998), pp. 185~226.

4) 김홍기,「한국현대서사시연구」, (한양대대학원 석사학위논문, 1980).

각5)은『南海讚歌』의 서사정신과 애국심을 중심으로 작품 전체를 파악하고자 했으며, 이헌석6)은『南海讚歌』의 인물구조와 대립구조의 단순성을 지적하였다. 반면, 박정호7)는 長詩「洛東江」을 한국근대 長詩史上 강(江)의 이미지를 가장 잘 형상화한 작품이라고 평가하고 있다. 김동주8)는『南海讚歌』를 크게 서사인식과 서사구조라는 두 가지 차원으로 분류하여 다루었다. 그는『南海讚歌』가 50년대의 서사시로서 서사시의 원형적 특징에 가장 근접한 작품이며, 또한 최초로 역사적 실존인물에 관한 서사시라는 점을 시사적으로 인정될 수 있다고 평가했다. 그 외에 宋夏燮은「鶴山 金容浩論」9)에서 먼저 전기적으로 시인의 생애를 조감하고 난 후에 각 시집마다 내용적 특징을 살펴나가면서 "그는 한결같이 서민의 위치에 서서 서민의 애환을 노래해 온 詩人이기도 하다. 말년에는 현실을 보는 눈이 다분히 관조적으로 되어 우리에게 詩的 쾌락을 더하게 하기도 했다"고 하며 김용호의 시세계의 본질을 서민의식이란 하나의 핵으로 규명하려 했다. 金相培는 역사주의적 현실주의적 방법으로 김용호의 시세계를 일관성 있게 분석10)하였다. 문덕수는 동일성(identity)의 관점에서 김용호의 시세계를 자아의 축소와 확대로 탄력성 있게 파악했다.11) 한편, 鄭泰鎔12)은 김용호 시의 대부분이 어

---

5) 한이각,「한국현대서사시연구」, (서울여대대학원 석사학위논문, 1987).

6) 이헌석,「한국서사시연구」, (한남대대학원 석사학위논문, 1983).

7) 박정호,「한국근대장시연구」, (외국어대대학원 석사학위논문, 1986).

8) 김동주,「南海讚歌研究」, (단국대학교 교육대학원 석사학위논문, 2002).

9) 宋夏燮,「鶴山 金容浩論」,『金容浩 詩 全集』, (大光文化社, 1985), pp. 630.

10) 金相培,「歷史的 現實과 詩的 自我」,『단국논문집』12집(단국대학교, 1978), pp. 7~30.

떤 대상의 美를 다듬기보다는 고독 같은 것, 초라한 자기 행색에 대한 연민 같은 자학의 수준 측면에서 작품의 한계점만을 도출하였을 뿐 작품구조가 가지는 서사시로서의 詩史的 위치를 고찰하지 못했다고 지적했다. 김지은[13]은 김용호의 시적 주체들이 다양한 성장과정을 경험하고 각기 다른 아이덴티티를 획득하고 있다고 보았다. 이것은 한 개인의 자아가 정체성을 탐색하는 과정이 분리-전이-통합이라는 구도로서만 움직이지 않고, 대면하는 대상과의 다른 관계상으로 인해 얼마든지 다른 구도로 정의될 수 있음을 설명하는 것이다. 그러나 시적 주체와 객체의 관계성에 천착하여 그 관계망을 연구할 경우, 내면의 복합적 구조에 대한 도식적 분류가 이루어지게 될 것이다.

본고는 후기시집인 『날개』의 연구를 통해 김용호의 시가 그간의 탐색과 방황을 거쳐 궁극적으로 지향하고자 했던 세계를 찾아볼 것이다. 그가 지난한 시대와 자아의 문제를 극복하고 해결해가는 과정의 마지막 노정을 탐구하는 것이다. 이는 김용호 시 연구에 있어 미흡한 부분인 개별시집 연구의 집적을 통해 시 전집을 관통하는 전체적 시세계 연구의 단초와 토대에 보탬이 될 것이다.

---

11) 文德守, 「金容浩詩研究」, 『時文學』(1984).
12) 鄭泰榕, 「金容浩 論」, 『현대시학』(1970.12), pp.334~339.
13) 김지은, 「金容浩詩研究」, (서강대대학원 석사학위논문, 2002).

2. 『날개』가 지니는 의미

(1) 거리(距離)와 거리를 떠도는 시

김용호에게 현실인식은 하나의 지점(地點)에서 또 다른 지점을 찾아가는 여정 속에서 드러난다. 그는 길거리를 걷거나 낯선 지점에 서서 주변을 두리번거린다. 그런 그가 걸어가는 길 위에서 방향을 가리켜주는 표지(標識)는 중요한 역할을 하게 될 것이다. 그러나 이 표지는 종종 은닉되어 있고, 드러나 있다고 하더라도 가까스로 닿은 이곳이 종점이 아니라 잠깐 머물렀다 떠나야하는 곳임을 확인시켜 줄 뿐이다. 공허한 공간으로 드러나는 <停車場>, <로오타리> 혹은 <플랫폼>, <酒幕>, <旅館房> 등은 지금 여기와 목적지까지의 거리(距離)가 얼마나 먼가를 확연히 입증해주는 '시그널'로 존재한다. 이처럼 김용호 시의 시적 주체는 닿고자 하는 곳, 만나고자 하는 대상과의 좁혀지지 않는 거리(距離)를 통렬해하며 길거리를 헤맨다. '거리'라는 중의적 시어(詩語)를 빈번하게 사용하는 것은 '그 메꿀 수 없는 거리가 너와 나 사이에서 추위에 언'14) 까닭이고 '메꾸지 못하는 거리(距離)의 비원(悲願)'15) 때문일 것이다. 따라서 대상과의 만남 혹은 자아와 세계와의 동일성을 경험하지 못하는 자아는 '두 팔 두 다리를 몽땅 잘리운 병신'16)으로 불구적 자의식을 시로 형상화하기도

---

14) 「플랫홈에서」부분
15) 「거울(Ⅱ) 부분
16) 「앉은뱅이저울의 노래」부분

한다. 그 「앉은뱅이저울」에서 '나는 곧 나의 位置로 언제나 재빨리
還元한다. 出發點이요 歸着點인 零, 그것이 바로 나의 位置다.'는
진술과 같이 그의 시는 出發點이요 歸着點인 零을 향해 가고 있다.
그곳에서 그는 불구성을 탈피하고 대상과의 온전한 합일을 이룰
수 있을까? 그렇다면 그곳은 어디인가? 그가 끊임없이 거리를 방황하
다가 돌아온 곳이 바로 자신이 출발한 지점임을 깨닫게 되는 시로부터
그의 노정을 살펴본다.

  가없는 길이었다.
  홀로 가야만 하는 길이었다.

  星座는 石榴알 되어 내 가슴에 차고
  빛깔을 헤면 언제나 하나가 덧붙어 탈이었다.

  이따금 너와 난 나란히 걸었다.
  그렇게도 가까우면서도 먼 距離를
  그 머언 距離를 새에 두고
  이만치 생각을 더듬어야 했던 너와 나

  눈이 내린다.
  畵面처럼 밝고 어두운 길에
  눈이 내린다.

  ―이 어쩔 수 없는 생각 같은 것
  절절한 말들은 모두 삼키고
  무슨 동물의 悲鳴처럼 소리를 치면
  물줄기 내뿜는 <로오타리>의 噴水 같은 것

  가없는 길이었다.
  홀로 가야만 하는 길이었다.

星座는 이미 저어 머얼리 흩어져 가고
빛깔을 헤면 언제나 하나가 모자라 어색했다.
―「距離」전문

　위 시에 나타난 길의 지도는 이미 1행과 2행에 드러나 있다. '가없는
길'인 동시에 '홀로 가야만 하는 길'이다. '이따금 너와 난 나란히
걸었'지만, 포개지지 않는 거리(距離)는 멀 수밖에 없다. 게다가 길을
밝혀주는 성좌(星座)는 이정표의 역할을 하지 못한다. 그 별들은
'빛깔을 헤면 언제나 하나가 덧붙어 탈'이거나 '언제나 하나가 모자라
어색했'기 때문이다. 이처럼 과잉되거나 결핍된 지시적 대상은 시인
이 자신의 길을 모색하는 일에 오히려 방해물로 작용한다. 그는 '더듬
어야 했'고 <로오타리>의 분수(噴水)'처럼 흩어지고 빙빙 돌아가는
자신을 인식한다.

3S가 繁殖하는
陰濕한 中心地에서
너는 時針을 喪失하고
時間을 忘却했다

　　―族回하는 <로오타리>

速力의 疾走가 밀물하는데
나의 時計도 너 따라
瞳孔을 잃고 化石한다

二十五時보다도 더 虛한 時針아래
銀수저가 腐蝕하는 菌이 있고
버짐되어 퍼져가는 나의 病은

어느 名醫의 診斷도 알 리가 없다

　　ㅡ 주검은 무섭지 않은 것

차라리
주검을 意識하는 것이 무서운 줄 안
그때부터
腐物이 된 너 높이에서
나의 旗발도 찢어졌다

塔
停止가 고요하는
塔, 거기에
나의 墓碑銘을 옮겨 새기자

머언 옛날 <삼손>처럼
瞳孔을 빼앗긴 한 人間이
여기 살았더라고
　　　　　　ㅡ「時計塔」전문

　'族回하는 <로오타리>'는 사람들과 시간이 급박하게 돌아가는
곳이다. '3S가 繁殖하는 陰濕한 中心地'이고 '時針을 喪失하고 時間
을 忘却'하는 장소로 드러난다. 시인은 그 중심지까지 썩고 음습해진
시공간의 문턱을 넘어가려고 한다. 그러나 시계탑(時計塔)조차 '時針
을 喪失하고 時間을 忘却했다'는 비유에서 병든 시대와 그것에 대한
힘겨운 저항의식이 드러나 있다. 나아가 '二十五時보다도 더 虛한
時針아래 銀수저가 腐蝕하는 菌이 있고 버짐 되어 퍼져가는 나의
病은 어느 名醫의 診斷도 알 리가 없다'는 여실한 고백에서는 부식물
이 되어가는 시계탑처럼 자신 또한 시간과 '동공(瞳孔)' 마저 빼앗긴

나약한 존재임을 인식하고 있음을 알 수 있다.

진정한 자아를 찾아 거리를 떠도는 시적 주체는 '이제 표해 둘 정거장(停車場)도 없는 나'[17]를 확인한다. 정거장에서 혹은 부호(시그널)로 매개되는 지점에서 그는 단절을 경험한다. '어느 <시그널>이 있는 지점에서 당신과 난 헤어져야만 했다.'[18]는 시행은 가도 가도 찾을 수 없는 종착지에 대한 화자의 불안감과 허무를 드러내고 있다. 이 시집에서 빈번하게 사용되는 '지점'과 '거리'라는 어휘는 「사과」에서도 나타나고 있다. '모두들 한 번씩은 외쳐 부른 地點에서 거센 바람은 세월을 몰고 갔다 목멘 소리 街路樹가지마다 걸린 곳'이라는 시행들을 통해 보면 시인이 헤매고 있는 거리와 지점은 바람이 부는 외롭고 삭막한 땅이다. 이제 시인은 '風化作用이 심한 거리'[19]를, '분가루를 둘러쓴 봄이 히히히 웃는 그 地點'[20]을 떠나 플랫폼으로 포구의 방으로 떠난다.

아무런 因緣도 없는 숫한 사람들과
한 運命에 담겨 난 또 어디로 가야 하느냐

지난날
靑春 위에 황홀히 핀 作別도 그리고 그 作別이
도리어 너와 나의 距離를 가깝게 했지만

이제
나의 <트렁크>는 이만치 낡고

---

17) 「離別詞」부분
18) 「離別詞」부분
19) 「사과」부분
20) 「어느 地點에서」부분

<플랫홈>엔 옛 기억처럼 눈이 나려

<오버>깃을 올리고 목을 움추리는 이런 무렵
너는 어느 다른 <플랫홈>에서
汽車를 기다리고 있는 것이냐

새삼스레 밀물 하는 것
그 메꿀 수 없는 距離가
너와 나 사이에서 추위에 언다.
―「플랫홈에서」

　‘나’는 ‘<오버>깃을 올리고 목을 움츠리는’ 고독한 시기의 <플랫홈>에 닿았다. 만남을 갈구했으나 너와 나의 거리는 좁혀지지 않았고 혼자 기차를 기다리며 ‘나’는 깨닫는다. ‘靑春 위에 황홀히 핀 作別도 그리고 그 作別이 도리어 너와 나의 距離를 가깝게 했’다는 것을. 아이러니하게도 이별을 통해 가까워지는 너와 나는 서로에게 영원히 닿지 못하고 그 틈(사이)에서 ‘추위에 언’ 존재로 살아간다. 그는 추위와 밤, 그리고 불면의 삶을 피할 수 없다.

밤
낙수물소리에 생각이 매달린다.

뱃고동 浦口에 밀리는
곳

잠 안오는 避難방에 내가 눕고
壁

褪色한 값싼 무늬 위를 쥐가 오르내리는

밤

그 바닷가에도 역시
갈대는 있는 것인가
그리곤 <파스칼>처럼
생각하고 있는 것인가

遮斷된 地城
低氣壓의 氣流 속에
생각해서는 안되는
갈대만이 있는 것인가

부허연 잿빛 하늘 아래로
實體없는 그림자가 흐르고
흘러가고

잇다은 꼬리 꼬리에
철렁거리는
소리

어둔 하늘에
생각많은 별이 흐르면
길은 있어
티이는
밤
壁
　　　　—「별」전문

　　<로오타리>와 <교차점>, <시계탑> 등으로 어지러운 거리를 지나
시인은 '뱃고동 浦口에 밀리는 곳'으로 와서 '잠 안오는 避難방'에
누워있다. 퇴색한 벽과 천장으로 쥐가 기어다니고 '낙숫물 소리에

생각이 매달’리는 깊은 밤이다. 그 바닷가에서도 시인은 갈대처럼 생각한다. 꼬리에 꼬리를 문 생각들이 ‘철렁거리는’ 사슬처럼 자신을 가둔다. 어느새 그 바닷가 역시 ‘遮斷된 地城, 低氣壓의 氣流 속’의 공간이 된다. 그렇다면 그가 현재 머무는 시공간과 찾아가고자 하는 시공간 사이의 ‘壁’ 혹은 거리(간격)는 왜 언제나 발생하는 것일까?

(2) 날지 못하는 존재의 비애

거울에 다가 서면
당신이 거기 있읍니다. 내 아닌 당신이

또한 <오버 · 랫프>하는 얼굴이
거기 있읍니다. 머언 過去처럼도 아닌 오늘

다시 거울에 다가 서면
어울리다 포개이고 그리곤 分裂하는
내가 거기 있읍니다. 당신 아닌 내가

그래서 당신이 나를 멀리하고 가까이 하듯
나 역시 당신을 가까이 하고
또한 멀리하고 있읍니다. 메꾸지 못하는 距離의 悲願처럼
—「거울(Ⅱ)」

위 시의 화자는 ‘거울’을 들여다본다. 이 행위는 자아 성찰의 의미를 내포한다. 그러나 거울 속에는 내가 없다. ‘내 아닌 당신이’ 있는가하면 ‘당신 아닌 내가’ 있다. 이처럼 ‘포개이고 그리곤 分裂하는’ 자신은

여러 개의 '나'로 나타나고 '당신'이 되기도 한다. 이러한 분열과 혼동의 상황은 '당신'을 가깝게도 하지 못하고 멀리도 못하는, 잊지 못하는 자신의 현실을 가늠하게 할 따름이다. 그는 자신을 '메꾸지 못하는 距離의 悲願'을 가진 존재로 인식한다. 이러한 존재가 사는 세계라는 방(房)은 때때로 관(棺)으로 대치되어 나타난다.

> 鎭魂歌없는 한토막 傳說을 지닌 房
>
> 연다은 뭇밤에 한번씩은 차지했던 生靈들이
> 門을 열고 하나 하나 들어서서 제가끔의 所有임을 主張하면
> 나는 恐怖의 뿔을 돋구어 遁走를 꾀한다.
>
> 아차 房門이 열리지 않는다.
> 통발같은 房
>
> 드디어 房은 스스로를 棺으로 하여
> 나를 抱擁하고 넌지시 목에 쇠고리를 건다.
>
> 그것은 幽閉의 信號다.
> 거… 철렁 철렁하는 소리
> ──「어느 旅館房에서」부분

시적 화자는 어느 허술한 여관방에 홀로 앉아 그곳을 거쳐 갔을 수많은 사람들을 떠올린다. '壁에는 손톱자죽이 많아' 뭇사람의 추억과 이야기가 새겨져 있는 듯하다. '어쩌면 <체홉>의 六號室 患者가 棲居했는지도 모른다. 그런 버릇을 傳染하여 헛소리 속에 來日을 占치고 發作이 숯불인양 일어 무슨 못 먹을 藥을 먹고 새벽함께 고요해졌다는 어느 女人'을 상상한다. 그 영혼들이 자신을 향해 달

라붙는 느낌을 갖는다. '연다은 뭇밤에 한번씩은 차지했던 生靈들이 門을 열고 하나 하나 들어서서 제가끔의 所有임을 主張하면 나는 恐怖의 뿔을 돋구어 遁走를 꾀한다.' 그러나 방문은 열리지 않는다. '아차'하는 순간, 그는 자신이 처한 현실을 '철렁 철렁하는 소리'를 듣듯 생생하게 표현한다. '드디어 房은 스스로를 棺으로 하여 나를 抱擁하고 넌지시 목에 쇠고리를 건다.' 화자는 유폐되고 공포에 사로잡힌다. 마침내 방을 너머 다른 세계로 진입할 수 없는 자신의 숙명을 깨닫는다. 세상이 자신에게 보내는 '신호' 또는 부호는 '쇠고리'이고 '幽閉의 信號'이다. 그는 쇠고리에 걸려 방(房)으로 표상되는 현실에서 벗어날 수 없다. 또한 그에게 들려오는 신호조차도 구원의 소리가 아니기 때문에 그는 날개를 펼쳐 방을 떠나갈 수 없는 존재임을 절감할 수밖에 없다. 시적 화자는 언제나 신호와 부호를 기다리고 있었다. 'Y라는 符號'가 '일찍, 사랑하는 사람의 이름이었'으나 '드디어 零의 標識'인 동시에 '이 어쩔 수 없는 人生에 두 팔을 들고 降伏한 나의 符號란 것을'21) 노래하는 순간, 그는 인생에 대해 항복한다. 동시에 시인으로서의 운명을 받아들인다. 그 운명이란 어떠한 것인가?

> 땅덩이가 바싹 오그라져
> 바다도 제멋대로 굽어 올랐다.
>
> 북풍바지 窓門이 어는 방이라
> 언제나 외로히 새우잠을 잔다.

---

21) 「Y라는 符號」부분

연신 뱃속에서 쭈루룩하고 소리가 나는걸 보면
시장기가 한창인가부다.

하루, 몇홉 쌀마저 뺏아먹는 蛔虫이란놈
넌 틀림없이 食慾의 왕이로구나

태양도 모옵시 추워 잔뜩 줄어들어 짧기도 짧다.
어쩌면 이렇게도 갑갑증나는 기인 기一ㄴ 밤이냐

문득 어두움에 소름이 일어
손을 펼쳐 얼굴을 덮으면
앙상이 두볼이 깎겨 달려오는 해쓱한 내 모습

단 한평 땅위에도 마음놓고 눕지 못할
다섯자 여섯치의 몸둥아리여 !
너는 예나 이제나 <몰모트>를 닮았구나

무슨 팔자로 태어났기에
호강스런 벼슬이랑 광치는 직업이랑 수두룩하다는데
하필 퇴박맞는 詩를 써서
입에 풀칠을 하고 살아가야만 하느냐

모가지를 자라처럼 드리밀고 거리에 서면
도마 위에 오른 듯 가슴이 선듯하다.
원자폭탄이 떨어졌다는 二十世紀 하늘 아래
내만이 혼자 中世紀에 사는 것일가 이 겨울과 함께
　　　　　　　　　　　　　　—「겨울과 함께」부분

　위의 시에 드러난 시인으로서의 자의식은 자부심으로부터 멀리
비껴있다. 그에게 있어 시인이라는 숙명은 '蛔虫'이나 '몰모트'의
세계를 사는 것과 같고 '겨울과 함께' 추운 계절을 혼자 견디는 자로,

‘원자폭탄이 떨어졌다는 二十世紀 하늘 아래 내만이 혼자 中世紀에 사는’ 시대착오적 존재로 굳어져 있다. ‘하필 퇴박맞는 詩를 써서 입에 풀칠을 하고 살아가야만 하느냐’ 라는 한탄과 비애는 다음과 같은 시에서 점점 더 커지고 있는 형국을 보여준다.

> 錯覺이 錯覺이길 원하며 골목길을 돌아서면
> 역시 骸骨뿐이다.
> 나에게 握手를 청하며 히히히……웃는
> 그 骸骨들
>
> 비가 내린다 밤—
> 나의 所願은 虛空에서 젖는다
>
> 이대로 걸어가기엔 神經痛이 잦다
> 分裂하는 交叉點에서
> 나의 人生은 까마득히 숨진다
> 분가루를 둘러쓴 봄이 히히히… 웃는
> 그런 地點
>
> —「어느 地點에서」부분

　　시적 화자는 착각이라고 믿고 싶은 상황에서 한 발치도 벗어나지 못하고 있다. 자신에게 와서 부딪히고 ‘악수를 청’하는 대상은 살아있는 사람이 아니라 ‘해골들’이다. 그의 ‘所願은 虛空에서 젖’었고 소원을 잃은 자이기 때문에 ‘나의 人生은 까마득히 숨진’ 것이다. 이미 살아있는 목숨이 아닌, 주검의 상황은 「어느 風景」이라는 시에서도 적나라하게 드러난다.

십자간 이미 내 앞에 마련되어
地獄으로 통한다는 칭칭대로 내려간다

난 주검에 짓눌리며
산 나를 意識하고 질겁을 한다

드디어
검은 손이 묵직히 나를 휘어 잡는다

먼 곳에 소리있어
<주검이여 ! 罪人을 잡았느냐?>

落葉함께 나는 燃燒하고
벌레함께 난 나의 주검을 弔喪한다
―「어느 風景」부분

　자신을 '죄인'으로 더 나아가 '주검'으로 묘사하는 이러한 시적 상상력은 스스로의 내면으로부터 울려나오는 소리로 드러난다. 그는 자기 자신과 '너'라고 일컫고 있는 세계와의 합일을 꿈꾸었으나 끝끝내 그 거리를 좁히지 못하고 죽어가는 존재로서의 '나의 주검을 弔喪한다'. 수시로 그는 '내가 火葬되는 걸 歷歷히 볼 수 있'(「천환짜리 시」)고, 문득 자신이 '人生의 等外品임을 스스로 깨닫고 이 나무다리에서 발을 멈춘다.'(「淸溪川邊」)

　'보는 벗마다 푸른 색깔의 내 잠옷이 못마땅하단다. 필시 罪人을 읽고 가는 때문일 게다.'(「盲點」)는 피해의식 또한 그를 괴롭히는 자의식에서 출발하고 있다. 시인 김용호는 비상을 꿈꾸는 자로서 날개를 갖지 못한 불만을 '날개'라는 동일한 제목의 두 편의 시로 노래하고 있다.

내
날고 싶구나
짧은 한쪽다리를 어루만져
내 날고 싶구나
날개돋힐 두어깨에
힘은 솟아라
　　　　　　　　　—「날개」부분

사닥다리를 조심스레 하나하나 올라갔읍니다.
年輪이 다 찬 꼭대기에서
어머니
난 어디로 또 옮아가야 합니까

저어 까마아득한 하늘 속에 녹아 버리기엔
아직도 未練이 감탕처럼 날 휘감고
되내려 가긴 이미 時間이 발판을 떼어버렸읍니다.

속절없는 나의 曲藝에 풋내기애들의 손벽이 울리고
누군가
<피에로>
<피에로>
하며 외치는 소리

어머니
어찌하여 당신은 나에게 날개를 주시는 걸
잊으셨습니까
　　　　　　　　　—「날개(Ⅱ)」전문

　그는 '사닥다리를 조심스레 하나하나 올라갔'으나 지금은 올라갈
수도 내려올 수도 없는 진퇴양란의 사태에 직면해있다. '저어 까마아
득한 하늘 속에 녹아 버리기엔 아직도 未練이 감탕처럼 날 휘감고

되내려 가긴 이미 時間이 발판을 떼어버렸'기 때문에 그는 '곡예'를 하는 '피에로'처럼 운명의 손아귀에 인형같이 흔들리는 자신을 울부짖는다. '어머니 난 어디로 또 옮아가야 합니까' 라는 물음과 '어머니 어찌하여 당신은 나에게 날개를 주시는 걸 잊으셨습니까' 라는 원망은 그가 이러한 자신의 운명을 초월하여 날아가기를 얼마나 꿈꾸고 있는가를 나타내준다. 그는 '짧은 한쪽 다리'로 비유된 불구적 시대와 자아를 '날개 돋힐 두 어깨' 라는 희망으로 바꾸고자 '날개' 를 키우고 있다. 그가 이토록 열렬히 비상을 꿈꾸며 나아가고자 하는 세계는 어디를 암시하는 것인가?

(3) 고향(故鄉)으로 가는 길

驛을 나서면
가없는 鐵路를 따라
외가닥 좁은 고향에의 길

고운 별들 어디 두고
구름은 첩첩 그처럼 쌓여
연양 장마는 내리는가
이밤에도

이미 落葉진
追憶 비슷한 것과
씻기지 않는 悔恨을
빛바랜 <트렁크>에 담고
지게지워 가면

五圓짜리 엿밥으로
곧잘 끼니를 때운다는 少年은
아배도 오매도
잃은지 오래라고 한다.

넌지시
少年의 어깨에 손을 얹고
<시그널>의 슬기론 瞳孔을 記憶하며

잃어 버린 것
내또한

저버림속에 너처럼 외로워야 하는

An orphan
　　―「An orphan」전문

　시의 제목에서 드러나듯이 시인의 내면은 고아의식으로 가득 차
있다. 어머니는 자신이 외치는 소리를 들을 수 없는 먼 곳에 있다.
그곳까지 가고자하지만, 날 수 없는 자는 '아배도 오매도 잃은 지
오래'된 '少年'이다. 그는 곧 고향을 떠나온 자와 동일한 존재로 파악
할 수 있으며 실낙원 상태의 원초적 인간군상이라 할 것이다. 그러나
위의 시에서의 '나'는 앞 장에서 나타났던 내가 아니다. '머언 옛날
<삼손>처럼 瞳孔을 빼앗긴 한 人間이'(「時 計 塔」)아니라 '슬기론
瞳孔을 記憶하며' '넌지시 少年의 어깨에 손을 얹고' 있는 사람이다.
나아가 그는 '초원으로 가자'고 손을 잡아 이끈다.

草原으로 가자

나도 너처럼 풀을 먹구
하늘의 구름을 마시구
傳說이 되기엔 너무나 벅찬
긴 기인 이야기를 나무가지에 매달아 보련다.

짓밟히기 알맞은 雜草와 雜草사이에
너는 서고 나는 나대로 드러 누어
하늘을 우러러 보면
너처럼 바보가 되는게 난 조금도 서럽지가 않다.
　　　　　　　　　　—「草原으로」부분

　그는 거리에서 출발했지만, 이제 초원으로 돌아가자고 말한다.
위 시의 생략한 부분에 나타나는 뒷골목과 세균과 혈액은행에서
떠나 염소처럼 '풀을 먹구 하늘의 구름을 마시구 전설이 되기엔 너무
나 벅찬' '긴 기인' 이야기, 즉 시를 '나뭇가지에 매달아 보'겠다고
노래한다. 그는 시끄럽고 매서운 거리를 방황하던 시에서 벗어나
'짓밟히기 알맞은 雜草와 雜草사이에 너는 서고 나는 나대로 드러
누어 하늘을 우러러 보'는 삶을 지향하는 변화된 심리를 드러낸다.
벌레들 사이에 누워 자신의 주검을 스스로 조상(弔喪)하던 자아의
탄식은 '雜草'인 '너처럼 바보가 되는 게 난 조금도 서럽지가 않다.'는
무욕의 발화로 변모된다. 어느덧 그의 절규는 부끄러움을 타는 자의
'기원(祈願)'의 노래로 들려온다.

여기, 하늘이 부끄러운
사나이가 있읍니다.
우러러 한톨의 부끄럼없이 살려다

되려 죄진 사나이가 있읍니다.

창 밖, 눈이 소보옥히 내리는 당신의 밤에
한자루 촛불을 책상머리에 켜고
十字架의 뜻이 무엇인가를
다시금 외어 봅니다

호올로 무릎을 꾼
쓸쓸한 이 지붕 아래
당신만이 아는 부끄럼없는, 부끄러운 사나이의
悽愴한 기도를 들어 주십시오

그리고 그날의 <유다>처럼
당신을 욕되게 한 저의 罪를
사해 주십시오

가장 외로웠던 당신이
가장 외롭지 않은 그 까닭을
이 밤, 복된 당신의 이 밤에
저에게 啓示해 주십시오.

─「祈願」 전문

위의 시는 현실적 사회적 질곡과 개인적 갈등을 넘어 절대자에게
'무릎을 꾼' 부끄러운 사나이의 기도로 파악할 수 있다. '우러러 한
톨의 부끄럼 없이 살려다 되려 죄진 사나이가 있읍니다.' 라는 자기고
백은 자신의 의지대로 살려고 할수록 뜻대로 되지 않았던 힘거움과
낭패감이 깔려있으나 그보다 그가 꿈꾸는 세계, 즉 날개를 달고 도달
하고자 했던 세계에 대한 염원이 얼마나 큰가를 말해준다. '당신을
욕되게 한 저의 罪를 사해 주십시오.'라는 시행은 시대의 삶과 예술,

현실과 이상 사이에서 찢어지고 갈등하는 시인의 모순적인 존재상황을 상징적으로 드러내고 있다. 그는 최초의 순간부터 부여받은 갈등의 운명, 분열된 자아상을 일상과 예술의 갈등과 조화를 통해 극복해나가려고 노력하는 자이다. 자신의 영혼을 불편하게 하는 시대적 상황과 일상의 모순에서 벗어나 그가 인간을 이해하고 나아가고자 하는 방향은 절대적인 공간, 화해의 공간일 것이다. 나와 나, 나와 나를 둘러싼 세계와의 좁힐 수 없는 거리를 초월하여 끝끝내 그 인간의 본질적 상처를 안고 귀환하는 곳은 '고향'으로 상징되는 '원시'의 세계이자 태초의 그곳이다. 잃어버린 순수가 살아 숨 쉬고 타자의 벽을 넘어 서로가 소통하는 '고향으로 가는 길'을 우리는 담담하게 걸어가는 것이다.

어디로 가는 길입니까 이 길은?

原始로 돌아가는 길입니다. 가야만 하는 길입니다. 흠집난 세월이 이제 막다른 골목에서 골목으로 통곡하는 그 壁같은 平面을 꽤뚫고 原始로, 故鄕으로 돌아가야 하는 길입니다.

어떠한 年代의 이름으로 불리워도 좋은 季節잃은 世代에서 나의 所願을—絶叫를 들어 주십시오. 모든 迷信과 虛榮과 嫉視와 그리고 그 수많은 뼈저린 語語들랑 송두리채 이 나의 아침에 埋沒해 주십시오.

密林地帶의 孤獨을 한결 두텁게 간직하고 그 지긋지긋한 衣裳을 벗어십시오. 어느 하늘가에도 값싼 盟誓같은건 아예 마련하지 마십시오. 재빛 드리운 낮은 하늘과 시궁창처럼 썩는 내음새—흉내를 내기엔 이미 때를 잃어버렸읍니다.

당신들의 皮膚에 宿命을 印刻하는 瞬間—어느 곳에선 太陽을
하늘의 눈(眼)이라고 하였읍니다. 地球의 눈은 視力을 하고 喪失의
冷却에서 소용돌이하여 이 試鍊, 이 十字架

어디로 가야 하느냐고 되묻지 마십시오 내 함께 이 길로 가십시다.
原始로, 故鄕으로 가십시다.
　　　　—「故鄕으로 가는 길」전문

　김용호 시인은 자신과 독자에게 단언한다. '어디로 가야 하느냐고
되묻지 마십시오.'라고. 그토록 헤매 다니던 '거리'와 '십자로'와 '로
오타리'를 지나 '플랫홈'과 '주막'과 '여관방' 등을 거쳐 그가 닿고자
했던, '거리(距離)'가 '영(零)' 으로 합일된 이곳은 어디인가? '흠집
난 세월이 이제 막다른 골목에서 골목으로 통곡하는 그 壁같은 平面
을 꽤뚫고' 그가 '가야만 하는 길'로 접어든 여기는 바로 '原始로
돌아가는 길'이자 '故鄕으로 돌아가야 하는 길'이다. 이 지점은 앞에
서 보았던 「앉은뱅이저울」에서 나타난 위치와 맞닿는다. '나는 곧
나의 位置로 언제나 재빨리 還元한다. 出發點이요 歸着點인 零, 그
것이 바로 나의 位置다'는 시행처럼 그는 자신이 영(零), 곧 공(空)인
상태로 간다. 原始, 故鄕의 포괄적 의미는 시작(詩作)의 초심으로
귀환하고자 하는 그의 바람일 것이다. 그리고 그는 독자에게 다시
제안한다. '내 함께 이 길로 가십시다. 原始로, 故鄕으로 가십시다.'
라고.

3. 맺음말

  시인은 꿈꾸는 자이다. 현실이 참담할수록 그의 꿈은 실패와 좌절
을 넘어 새로운 이상향을 향해 날개를 펼친다. 김용호의 『날개』에는
이러한 시도가 극명하게 나타난다. 시 속의 화자 혹은 시인은 역사의
격변기를 살아가며 현실과 이상 사이의 간격을 메우고 자신과 또
다른 자아, 혹은 세계로 표상되는 대상과의 합일을 치열하게 꿈꾸었
다. 그러나 그 '거리(距離)'는 '날개'를 갖지 못한 인간의 한계로는
닿지 못할 지점(地點)임을 깨닫고 끊임없이 방황하는 자의식을 노출
한다. 그 커다란 좌절의 파동은 그로 하여금 새로운 전환을 이끌어낸
다. 여기서 주목할 점은 그가 '길'을 찾았다는 데 있지 않다. 原始로,
故鄕으로 접어든 것이 중요하다기보다 그 지점에 닿기까지의 치열한
시적 '노정(路程)'에 의의가 크다고 할 것이다. 이는 시집 『날개』의
후기22)에서 시인 스스로 밝힌 시론과도 상통한다. 그의 시는 '<時間과
距離>에서 苦悶하는 수밖에 없을 것'이고 이런 지난한 싸움과 방황은
죽는 날까지 계속 될 것이라는 전망을 가능케 했다. 그는 시인으로서
의 숙명을 인식하고 시대적 상황과 일상적 모순으로부터 예민하게

---

22) 나를 아껴주는 어떤 한 讀者가 어느 때 이런 말을 나에게 한 일이 있습니다.
   <당신의 詩의 世界는 왜 그처럼 자릴잡지 못하고 彷徨하고 있느냐>고.
   물음에 나는 아무 대꾸도 하지 않았습니다. 肯定도 否定도. (중략)
   나는 이 宿命을 어깨에 짊어지고 언제까지 彷徨할는지 나 自身도 모를 일입니다.
   그야 쉽사리 <安>할 수 있는 사람은 幸福하겠지요. 그러나 나에겐 그러한 境地가
   죽을 때까지 있을 것 같지 않습니다. 그러므로 나의 詩는 그러한 <時間과 距離>에
   서 苦悶하는 수밖에 없을 것입니다. 따라서 나의 詩는 앞으로도 完熟의 地點에 서
   있을 그러한 性質의 것이 아니라 人生을 彷徨하는 나의 道程의 발자취일 수밖에
   없을 듯합니다.

반응하고 피를 흘리는 자였다. 편안한 삶보다는 갈등하고 부딪히고 분열하는 불편한 삶을 선험적으로 부여받은 시인은 길을 떠났다. 그리고 혼돈과 절망, 허무를 극복하고 새 길을 찾기 위하여 길고 어려운 여정을 통과해간 사람이었다.

이 시집에 나타난 '주막'이나 '잡초'와 같은 어휘를 상징어로 파악하고 그의 시편들이 민중의 삶을 보편적으로 수용하면서 애환을 그리고 있다23)는 분석은 '생활의 넋두리로 떨어진 시들이 많으며, 현실에 입각하여 서민의식을 고양했다'24)평가처럼 범박한 분류라고 볼 수 있다. 몇 개의 어휘를 통해 그의 시 세계 전반을 서민의식과 결부시키기 보다는 전체적 맥락 속에서 시인이 자신의 비루함과 통속성을 거대하고 완전무결한 세계 속에서 읽어내려는 소탈한 몸짓으로 해석하는 시도가 필요할 것이다.

김지은25)의 경우에는 김용호의 『날개』에서 합일을 꿈꾸며 찾아가는 세계, 즉 고향과 어머니 혹은 원시로 나타나는 이미지를 '과거로의 퇴행'으로 설명한다. 그는 '시적주체의 자아합일은 현실의 갈등을 근본적으로 해결해주지 못하기 때문에 시적 주체의 개인적 아이덴티티를 허약하고 미숙한 아이덴티티로 자리하게 되는 것이다'고 결론을 내린다. 이러한 설명과 정의는 한 개인이 귀환하고자 하는 세계의 통합적 구도를 인식하지 못하는 편협한 세계관의 결과로 볼 수 있다. 어머니를 포함한 고향, 원시의 세계는 퇴행적 공간이 아니라 더 넓고 근원적인 세계로의 도약이자 시인이 결국 찾고자하는 삶의 진실과

---

23) 金相培,「歷史的 現實과 詩的 自我」,『단국논문집』12집(단국대학교, 1978), pp. 7~30.
24) 이성교,「金容浩論」,『現代詩人論』, (형설출판사, 1982), pp. 281~302.
25) 김지은,「金容浩詩研究」, (서강대대학원 석사학위논문, 2002).

자아의 무한세계로 파악할 수 있기 때문이다.

　김용호는 식민지 상황을 살았던 지식인으로 끊임없이 자신을 들여다보며 번뇌한 시인이다. 민족적 저항과 개인적 울분을 갈등하고 방황하며 자신의 길을 찾으려고 몸부림치는 화자를 통해 시로 형상화하였다. 그가 꿈꾸었던 시는 '스스로 사색하는 세계여, 염원하는 세계요, 향수(鄕愁)하는 세계인 동시에 행동하는 세계'[26] 였고 그 세계와의 합일을 위해 부단히 노력했던 시인이다. 그는 한 권의 시집에서도 삶의 다양한 국면과 시의 적극적 변화를 모색했던 시인으로 평가할 수 있다. 앞으로 다른 개별시집의 연구에도 꼼꼼하고 다양한 모색을 시도할 것이다.

---

26) 김용호, 『詩園散策』, (精硏社,1964), p.227.

"내 날고 싶구나"
― 서정시인 김용호의 성취와 한계

한 지 희(경상대학교 교수)

1. 서론

1912년 일제 말기에 경남 마산에서 태어나 해방직후의 정치적 혼란기, 6. 25 전쟁의 가혹한 현실과 전후 황폐기를 보냈던 김용호는 한국 역사의 격동기를 몸소 체험하는 가운데 시인으로 성장하였으며 한국현대시사에 길이 남을 시들을 창작하였다는 평가를 받아왔다. 어떤 비평가는 그가 고향을 그리는 짙은 향수를 드러내는 서정시를 쓴 점을 들어 그의 시에는 독특한 지역적 정서가 드러난다고 지적하기도 하고, 다른 비평가는 그가 조국의 혼란을 극복하고 민족의 기상을 드높이는 서사시를 써서 조국의 미래에 대한 강렬한 신념을 드러낸다는 점을 들어 현대시사에서 그의 위치를 가늠해 보기도 한다. 그러나 김용호는 무엇보다도 50년대 중반 이후 궁핍한 시대를 살아가는 서민들의 애환을 따뜻한 사랑의 눈길로 그려낸 서정 시인이다. 보다 구체적으로 조망하자면, 조동구는 김용호의 여섯 권의 시집을 주제에 따라 세 단계로 구분하면서, 각 단계마다 그의 시세계가 변화를 보이지만, "그의 시 저변에 깔려있는 시정신의 특질은 [그가] 그와 민족이 처한 현실을 비껴가지 않고 언제나 정면으로 마주하는 정직함과 당당함에 있다"(67)고 지적한다.[1] 가령, 초기 시에 해당하는 첫 번째 시집『향연』(홍아사, 1941)과 두 번째 시집『해마다 피는 꽃』(시문학사, 1948)이 "시대가 주는 절망과 비애"를 "자조와 자학" 혹은 "분노와 초극의 신념" 그리고 "결연한 의지"로 노래하였다면, 중기 시에 해당하는 세 번째 시집『푸른 별』(남광문화사, 1952)과 다섯 번째 시집『남해찬가』(인간사, 1957)는 "향수를 바탕으로 한 회고와 순수 서정, 조국의 의지와 민족정기"를 노래하고 있다고 한다(49). 이어 네 번째 시집『날개』(대문사, 1956)와 여섯 번째이자 마지막 시집인『의상세례』(일조각, 1962)를 후기 시로 묶으며, 그는 김용호가 서민들의 삶의 애환을 노래하고 있다고 분류한다(50). 이성교, 송수복, 송하섭 역시 조동구처럼 김용호의 시세계의 변화에 주목하며 각 시기의 특징적인 주제와 정서를 구별한다. 가령, 이성교는 "절망과 비애," "회고와 순수주의," "현실과 서민의식"으로 김용호의 시의 세 시기를 요약하며, 송수복은 "고향에 대한 회고적 서정," "민족의식에 입각한 현실의식," "죽음의식"으로 구분한다.[2] 이들에 비해, 송하섭은 각각의 시집의 주된 특징을 파악하였는데,『향연』은 "좌절과 비애, 자학,"『해마다 피는 꽃』은 "치열한 현실의식,"『남해찬가』는 "장렬한 민족혼,"『푸른 별』은 향수와 서정의 극치,『날개』는 "서민의식,"『의상세례』는 "서민의식의 확대"를 보여준다고 주장한다.[3] 안타깝게도 김용호에 대한 연구나 학위논문이 1990년대 이후 거의 출판되지 않고 있다는

---

1) 조동구, 「김용호론」,『경남의 시인들』, 유재천 외, 박이정, 2005,

2) 이성교, 「김용호론」,『단국문학』, 1983, 송수복, 「서정과 현실 그리고 죽음-미정리 시 및 유시에 대하여」,『김용호 시전집』, 대광문화사, 1983.

3) 송하섭, 「학산 김용호론」,『김용호 시전집』, 대광문화사, 1983.

조동구의 지적을 염두에 둘 때, 아마도 현재까지 김용호의 시에 대한 이해는 이러한 틀에서 거의 벗어나지 않는다고 보아도 큰 무리는 없을 것이다.

하지만, 위에서 언급한 진화론적 비평시각은 김용호의 시세계를 너무 단선적이고, 평면적으로 이해하는 것은 아닐까 하는 염려를 불러일으키기도 한다. 당면한 역사적 현실 속에서 시대의 무게를 느끼며 공인으로서 윤리적 책임감을 보이고자 했던 그의 이성적 의지는 타고난 서정적 성향과 지속적으로 갈등을 이루며 그를 고뇌하는 당대 지식인의 한 상징으로서 여기기에 부족함이 없게 하기 때문이다. 따라서 본고에서는 김용호의 시를 다시 읽으며, 현실참여적인 전망을 가졌던 김용호 시인의 성취와 한계를 살펴보고자 한다. 민족공동체의 현실과 개인적 성향의 괴리를 인식하면서도, 시적주체와 공동체의식을 결합시키고자 지속적으로 탐색하였던 김용호의 자의식을 조명함으로써, 강력한 참여의식을 지닌 서정 시인이 당면할 수밖에 없었던 도전과 선택의 문제를 숙고해 볼 수 있을 것이다.

2. 본론

김용호는 첫 시집 『향연』에서부터 자신이 당면한 역사현실을 시속에 담아내고자 하는 의지와 타고난 서정적 성향이 빚어내는 갈등으로 고민하는 자의식을 표출하고 있다. 즉, 일본의 식민통치라는 특정한

역사현실에 매몰되어 그는 한편으로 현실참여적인 주제에 천착하려
고 하면서도, 다른 한편으로 서정미학에 대한 욕망을 억누르지 못하는
내면적 갈등을 매우 직설적으로 드러내고 있는 것이다. 「싹」이라는
시를 보면 그가 경험하는 이상과 현실의 괴리가 고스란히 표현되어
있다.

> 理想은
> 아름다운 꽃다발을 가 ㅅ 득 실은
> 雙頭馬車였습니다
>
> 現實은
> 갈갈이 찢어진 두 날개의
> 葬送의 輓歌였습니다
>
> 아하! 내 청춘은
> 이 두바위틈에 난
> 고민의 싹이였습니다

　시인으로서의 정체성에 대한 그의 이러한 갈등은 "아름다운 꽃다
발," "갈갈이 찢어진 두 날개," "장송의 만가" 등의 상투적인 비유와
관념어의 빈번한 사용으로 인하여 "감정과잉" 혹은 "자조와 자학적
태도"를 드러낸다는 신랄한 비판을 받기도 한다.4) 물론 그가 과도하
게 감정을 드러내는 경향이 있다는 점을 무시할 수는 없을 것이다.
하지만 그러한 측면을 성숙하지 못한 시적 선택으로서 폄하하기보다
는 그의 독특한 서정시학을 가능하게 해 주었던 일종의 기본적인

---

4) 조동구, 51쪽.

틀이라고 여긴다면, 우리는 시인 김용호를 평가하는 데 있어서 종종 독자들을 불편하게 하는 그 "감정과잉"의 수렁 속에서 그를 빼내올 수 있을 것이다. 즉, 그의 "감정과잉"을 타고난 예민한 감수성의 결과로 이해한다면, 우리는 김용호의 그러한 시적 선택을 주어진 역사적 현실에서 자신의 위치를 이해하고자 하는 적극적인 참여의식의 자연스러운 표출로 여길 수 있다는 것이다. 예를 들어, 그의 감상적인 초기 시들에는 어떠한 관념을 과장스럽게 제시하려는 문제점이 드러나기도 하지만, "운명의 연못에 사는/한 마리 금붕어"(「운명」)로서 "앞도 뒤도/보이지 않는"(「밤거리에서」) 억압적인 현실에서 시인으로서 할 수 있는 일들을 탐색해보려는 그의 실존적인 추구와 열망이 역력하게 느껴지기도 한다. 그렇다면 그의 "감정과잉"의 경향을 미학적 기준으로 평가할 것이 아니라 그가 자신의 풍부한 감수성을 시 속에서 시적주체와 공동체의식을 결합시키는 역동적 에너지로 승화시키고 있는가라는 측면을 검토하는 것이 보다 타당할 것이다.

가령, 식민치하라는 주어진 역사현실 속에서 개인적인 전망의 부재와 절망감을 외치는 시로 평가되어온 「무제」를 다시 검토해보면, 김용호는 그의 감정을 직설적으로 토로한다는 점에서 그간 비평가들이 지적해 온 "감정과잉"의 우를 드러내고 있다. 하지만 분명히 그의 목소리에는 시인으로서 민족공동체의 "아우성"을 표현해야 하는 거부할 수 없는 운명을 인식하고 당면한 윤리적 책임감을 겸허히 받아들이고자 하는 진지함이 실려 있기도 하다.

굶주리고 헐벗은 내 청춘이
이윽고 막다른 골목에서 피를 토하면
나는 서슴지 않고 臨終을 불러
생명의 제단우에 향불을 피우리니

호젓한 주검이 이끼는 성문우에
영혼의 세례를 아르키는 종소리

내 눈은 빛나는 하늘의 아들이였거니
다시 돌아가 귀여운 재주덩이 샛별이 될터이고

내 귀는 밤마다 벌어지는 장엄한 노래를 들으려
향긋한 森林에서 토기의 습성을 배우리니

그러면 내 입아!
너는 바다로 가라

통쾌하지 않은가 바닷물결은-
토막 토막 잘라진 내 청춘이
사시나무 떨듯 치움에 떨어
열린 채 아무런 내 입

오! 千萬年 고함칠 바다 ㅅ 물결

그는 닷첫든 내 입의 아우성이니
끝까지 쉬지 않을 아우성이니

버림받은 내 생명은 그때

하늘에서
森林에서
바다에서

내 이루지못한 영원을 이루리니

새삼스리 나는 기록해 둘 유서가 없고
쾨쾨한 墓碑銘을 새겨둘 어리석음도 없다.

이 시에서 김용호는 비록 감상적인 언어를 사용하기는 하지만
예지적인 권위를 유지하면서 개인적 자아가 죽고 나서 민족공동체의
운명에 대한 하늘의 계시를 전달하는 사제직을 수행하는 서사적
자아가 새로이 탄생하는 장엄한 장면을 구현하고자 한다. 즉, 그는
자신의 "굶주리고 헐벗은 청춘"의 주검이 향불과 함께 하늘로 올라가
면, "빛나는 하늘의 아들"인 "샛별"과 같은 눈과 "삼림"과 "토기"로
대변되는 지상의 "장엄한 노래"를 들을 수 있는 귀를 지닌 새로운
영적인 존재로 탄생하게 될 것이라고 제시한다. 그러면 그때에 비로소
자신이 민족공동체의 "고함치는 바닷물결"과 같은 "아우성"을 대변
하는 서사시인의 신성한 임무를 수행할 수 있을 것이라고 예언자적인
전망을 선포하는 것이다. 따라서 이 시를 김용호가 "막다른 골목에서
피를 토하"며 개인적 절망감의 바닥을 친 뒤, 서서히 상승하며 민족의
산하와 교감하는 가운데 힘을 회복하고 자신의 시적정체성을 재확인
하는 과정을 감각적 언어로 그려낸 것으로 이해한다면, 우리는 그를
단순히 "감정과잉"의 시인으로 폄하하기 보다는 예지적인 감수성과
시적 열정을 간직했던 시인으로서 긍정적으로 평가할 수 있는 가능성
을 보게 된다. 비록 암울한 시대에 태어났으나, 이 시에서 그는 '나'보
다는 '우리'를 중시하는 민족공동체의 정서를 깨달아 가는 가운데
개인적 절망감을 극복할 수 있는 힘을 회복할 수 있다고 믿고 있다.

그리고 그는 그러한 깨달음을 밑거름 삼아 개인적으로 "이루지 못한 영원을" 서사시인으로서 민족공동체에 대한 전망을 제시하는 가운데 이루어 내겠다는 고결한 의지를 서슴없이 피력하고 있다. 더욱이 "기록해둘 유서"도 "묘비명에 새겨둘 어리석음"도 필요하지 않다는 결의에 찬 수사를 들으며, 우리는 서사시인이 되고자 하는 그의 선택이 근본적으로 그의 정치의식과 맞닿아 있다는 사실을 짐작해 볼 수 있다. 일제 치하에서 억눌려 사는 대중들의 비천한 삶의 현실을 보면서 그는 권력 앞에서 무기력과 절망감에 사로잡혀 자기연민과 자조의 수렁 속에 빠져있기를 거부하기 때문이다. 오히려 민족정서의 깊은 근원인 '우리의식'에 대해 "끝까지 쉬지 않을 아우성"을 외치겠다는 각오를 드러내는 김용호는 현실참여적 전망을 지니고 당대의 역사현실에 오롯이 도전하는 당찬 시인의 모습을 보여주고 있다고 할 수 있다.

이런 맥락에서, 김용호의 두 번째 시집 『해마다 피는 꽃』에 장시 「낙동강」이 실려 있다는 사실은 매우 주목할 만하다. 이 시는 본격적으로 서사시인의 목소리를 표방하고 있다고 여겨지는 시집 『남해찬가』에 앞서서 그 호흡을 가다듬는 준비와 실험의 단계에 해당하는 작품으로 여겨지는데, 과연 이 시에서 그가 앞서 「무제」에서 밝혔던 서사시인으로서의 포부를 어느 정도나 성공적으로 달성하고 있는가가 우리의 관심을 끌기 때문이다. 총 삼부로 이루어진 이 시집에서 제 삼부에 해당하는 「낙동강」은 원래 1938년 『사해공론』에 먼저 발표되었으며 총 10부 183행으로 이루어져 있는데 그 유장한 호흡과 웅변조가 특징으로 지적되고 있다. 구체적으로 살펴보자면, 이 시에서 김용호는 서정적 주체를 공동체의 의식을 대변하는 주체로 확장시켜 나가며 민족의 산하가 일제치하에서 황폐화된 모습을 보여주고, 동시에 빼앗긴 산천과 민중의 일상적인 삶의 모습을 다시 회복할 수 있을지에 대한 가능성을 모색해 본다. 가령, 제 일부는 낙동강을 따라 "오목조목 산비탈에 깃발처럼" 자리 잡고 있는 시골마을의 정겨운 일상들에 대한 묘사로 시작한다. 낙동강을 따라 하나씩 하나씩 나타나는 "언덕," "동리어구," "은행나무," "산" "바위 밑" 그리고 그러한 장소가 불러일으키는 어린 시절의 추억은 다시 찾은 고향마을의 사람 사는 냄새가 풍성했던 과거와 "바위의 삐투러진 내 이름 석자"만 남아있는 쓸쓸하고, 적막하고, 황량한 현재의 모습과 대조를 이룬다. 표면적으로 이 정경의 묘사를 하는 시적주체 '나'는 비록 마음속에 자리 잡고 있는 개인적인 기억을 나열하고 있는 것으로 보이지만, 서사가 진행되는 가운데 개인적인 '나'의 기억은 공동체 "우리들의 살림살이"에 대한 기억과 분리될 수 없음이 차차 드러난다. 그런 가운데 '나'의 개인적 목소리는 "칠백리 굽이굽이 흐르는 네 품속"에 담겨 있는 '우리'의 기억을 담아내는 당위성을 획득하며, 제 이부, 삼부, 사부, 오부의 이어진 시들을 통해 민중의 기억을 하나씩 떠올리는 서사시인의 권위 있는 목소리로 변화하게 된다.

제 오부까지 연민과 아쉬움이 가득 실렸으나 권위를 잃지 않은 서사시인의 목소리로 '우리'들의 기억을 풀어내던 김용호는, 그러나, 제 육부에 이르러 서사시인의 권위에 다소 도취된 듯한 모습을 보이며 다시 개인적인 서정을 토로하는 모드로 돌아간다. 아마도 이러한 변화는 그가 민족공동체의 열망을 대변하고자하는 개인적 열정에

도취되어 자신의 예언자적 시인의 역할을 지나치게 이상화하는 유혹에 빠진 탓일 지도 모른다. 아무튼 이런 식으로 서사적 권위를 유지하고자 하는 그는 제 팔부에 이르러 '나'와 '우리'의 기억을 오가는 균형감각을 상실하더니, 마침내 구체적 기억이미지들을 통해 공동체의 페이소스를 기록하려던 애초의 목적에서 완전히 이탈하는 모습을 보여준다. 결국 서사시인으로서의 그의 권위와 열정적 에너지가 제 구부, 제 십부에서 소진된 듯 김용호는 "너는 왜 말이 없느냐/ 너의 슬픔은 무어며/너의 기쁨은 무어냐"라는 외침으로 시를 끝낸다. 그러나 아쉽게도 그의 절규는 시적공간에서도, 독자들의 마음속에서도 아무런 반향을 불러일으키지 못한 채 공중에서 흩어져 버리고 만다.

김용호가 장시 「낙동강」에서 드러낸 이러한 문제점은 우리로 하여금 김용호가 「무제」라는 시에서 자신의 시적 정체성을 서사시인으로 선포한 뒤 그가 민족공동체의 전망을 대변하는 역할에 도전하고 그것을 성공적으로 수행하기 위해 반드시 해결했어야 했던 점이 무엇이었나를 숙고하게 해준다. 즉, 민중의 비참한 현실을 기록하고 낙관적 미래를 예언하고자 하는 서사시인은 민중들의 억눌린 감정의 날 것 상태의 에너지를 그대로 전달하고자 하는 의무감과 자신의 역할을 비극적 영웅의 모습으로 이상화하려는 개인적인 욕구 사이에서 언제나 균형감각을 유지하고자 경계를 늦추지 말아야 할 것이다. 김용호의 경우, 날 것 상태의 감정이 시적 창작을 가능하게 해 주는 원동력이 되어 주었던 것이 사실이지만, 그러한 풍부한 감정을 지적 사유와 통찰력을 통해 시적 언어로 생생하게 실어내어 공동체의 역동적 에너지로 승화시켜야 하는 과정에서 타고난 서정적 성향을 통제하지 못하고 자신의 한계를 드러내 버리고 말았던 것 같다. 즉, 그는 공동체의 감정을 직설적인 언어로 토로함으로써 사적인 감정으로 축소시키고 무의미하게 배출하였으며, 공동체의 역사적 전망마저도 개인적인 좌절감 속에 묻어버리는 결과를 초래하였던 것이다. 따라서 서사시인이 되고자 하는 강렬한 염원과 의지를 가지고 있었음에도 불구하고, 김용호는 자신의 서정적 본능을 통제할 수 있는 지적 통찰력과 서사시적 전망을 충분히 발휘하는데 실패함으로써 서사시인으로서 정체성과 권위를 처음부터 끝까지 단일하게 유지하는 데 상당한 어려움을 겪을 수밖에 없었던 것으로 여겨진다.

「낙동강」에서 서사시인의 역할에 도전했으나 성공을 이루지 못한 김용호는 이후 서사시를 쓰는 작업을 중단하고 다시 서정적 모드로 돌아가는데, 흔히 비평가들이 김용호의 중기 시 단계로 평가하는 시들이 바로 그에 해당한다고 볼 수 있다. 흔히 이 시기에 발표된 시들은 김용호의 "순수 서정," 고향에 대한 향수, 혹은 동화의 세계를 구현하는 것으로 여겨진다.5) 하지만 표면상으로 "순수 서정"을 표방하는 그러한 시들의 행간에서조차 민족공동체의 전망을 제시하고자 했던 시도가 실패로 돌아간 것에 대한 실망감과 좌절감에 빠져 있는 김용호의 자의식이 무의식적으로 삐져나오기도 한다. 가령 『푸른 별』에 실린 「푸른 별」이라는 시에서 그는 "꿈" 많았던 어린 시절을 추억한다.

---

5) 조동구, 57-59.

고향 뒤ㅅ산
노비산6) 언덕위에 소년은
꿈이 많았더란다

구름에도
풀밭에도
곧잘 꿈을 심었더란다

심구곤
자라나는 꿈이 하도 벅차서
흐느끼며 우러러 본 하늘

별들이 의좋게 반짝거리는 밤엔
구슬픈 곡마단의 「트럼펫」소리에 귀가 젖어
고스란이 별과 함께
그냥 샌 밤이 있었더란다 나의 푸른별을 안고

　유년시절 꿈을 꾸며 가슴이 벅차올라 어쩔 줄 모르던 때를 되새기고
있는 이 시에서 김용호는 어른이 되어 똑같은 별을 바라보고 있는
자신이 앞으로도 계속 꿈을 꿀 수 있을지에 대해 고민하는 심정을
무의식적으로 내비친다. 가령, "많았더란다," "심었더란다," "있었더
란다"와 같은 표현은 과거완료의 시제로서 표면상 그는 오래 전
과거의 유년시절을 설명하고 있다. 하지만 그러한 과거완료 시제의
표현은 그 근저에 말로 표현할 수 없는 깊은 탄식과 진한 아쉬움을
느끼는 화자의 현재의 심경을 담아내기도 한다. 특히, 그가 시집의
「책 끝에」에서 "고작 그만한 정도밖에 못되는" 자신의 시에 대한
자괴감 그리고 "무능과 모순"에서 오는 "슬픔"과 "고독"을 표현했던

---

6) 마산에 있는 산의 이름.

점을 상기하고 이 시를 읽게 되면, 과거 유년시절에 느꼈던 벅찬 감정과 현재 느끼는 자괴감 사이에서 괴로워하는 김용호의 모습이 드러나며 「푸른 별」이 단순히 평론가들이 지적하는 "동화의 순수서정의 세계"를 그리는 시일 수 없음을 시사해 준다.[7] 물론 손에 잡힐 듯 잡힐 듯 반짝거리고 있는 별을 바라보고 있는 김용호가 "나의 푸른 별을 안고" 라는 구절로 시를 마감하는 것은 문장의 도치에 불과한 것으로서 단순히 그가 과거의 기억을 설명하는 것일 수 있다. 하지만, 그러한 도치수법을 사용함으로써 "푸른 별을 안고" 있는 시점이 현재까지 공명되고 있으며, 그가 마음속에서 아직까지도 푸른 희망의 빛을 내비치는 서사시인으로서의 꿈을 포기하기 힘들어 하고 있다는 암시가 충분히 전달되고 있기 때문이다.

순수하고 아름다웠던 유년시절을 추억하는 시로 유명한 「눈오는 밤에」역시 그 행간으로 김용호의 자의식이 스며 나오는 작품으로 읽혀질 수 있다. 표면상, 이 시에서 김용호는 오누이, 할머니, 손자가 이루어 내는 평범한 일상 속에 정겨움이 가득 담겨있는 시골의 어느 밤 방안의 모습을 그려내고 있다.

> 오누이들의
> 정다운 이야기에
> 어느집 질화로엔
> 밤알이 토실 토실 익겠다
>
> 콩기름 불
> 실고추처럼 가늘게 피어 나는 밤

---

7) 김용호, 「책끝에」, 『푸른별』, 조동구에서 재인용, 56쪽.

파묻은 불씨를 헤쳐
엽담배를 피우며

「고놈 ! 눈동자가 초롱같애」

내 머리를 쓰다듬어 주시던 할매

바깥은 연신 눈이 나리고
오늘밤처럼 눈이 나리고

다만 이제 나홀로
눈을 밟으며 간다

「오—바」자락에
구수한 할매의 옛이야기를 싸고
어린시절의 그 눈을 밟으며 간다

오누이들의
정다운 이야기에

어느집 질화로엔
밤알이 토실 토실 익겠다

　「푸른 별」에서처럼 이 시에서도 그는 현재 속에서 과거를 회상하는
수법을 이용하여 현재의 고독한 추위와 과거의 가족공동체의 따스함
을 대비시키고 있다. 어느 겨울 밤 "다만 이제 나홀로 눈을 밟으며"
걸어가던 그는 외투자락을 여미어 추위를 막으며 문득 어린 시절
따뜻한 화롯가에 모여 앉아 오누이들과 군밤이 익는 것을 보며 즐거워
했던 기억을 떠올리고 있는 것이다. 그러나 단순히 동화같은 한 장면
을 그리고 있는 것 같은 이 시를 당시 현실의 맥락에서 읽어보면

그 의미는 전혀 동화같지 않은 역사적 현실과 연관되며 김용호의 참여의식을 더욱 부각시키게 된다. 즉, 따스한 방안에서 가족 간에 사랑을 나누고 평화를 느낄 수 있었던 과거시절은 6. 25전쟁이 갓 지난 현재 황량하고 추운 겨울을 견뎌내야만 하는 서민들에겐 더이상 가능하지 않다. 땔감이 부족하고 먹을 것도 충분치 않은 불안한 상황에서 가난한 서민들이 어떻게 정겹게 이야기를 나누는 여유를 부릴 수 있을 것인가. 그럼에도 불구하고 김용호는 외투 자락에 "구수한 할매의 옛이야기를 싸고" "어린시절의 그 눈을 밟으며" "어느집 질화로엔/ 밤알이 토실 토실 익겠다"고 염원을 해 보는 것이다. 예전처럼 "콩기름 불"이 없어도, 곡식이 없어 산에서 주워온 밤알들이 식량의 전부라고 하여도, 그저 서민들이 밤알이 토실토실 익어가는 것을 바라보며 한 가닥 마음의 여유를 회복할 수 있으면 좋겠다는 바람을 가져보는 것이다. 비록 시는 이렇게 끝나지만, 마지막 행에서 밤알들이 익어가는 냄새가 진한 여운을 남기는 가운데 그는 독자들에게 긍정적인 전망을 제시한다. 즉, 첫 번째 연에서 "익겠다"가 단순히 '익고 있었다'를 표현하는 것에 반해, 마지막 행의 "익겠다"는 '익었으면 좋겠다'라는 시인의 염원으로 해석될 수 있는 여지를 충분히 남기는 것이다. 그럼으로써 동화적 서정을 기반으로 삼고 있는 시에서조차 자신이 민족공동체를 위해 할 수 있는 일이 있을지 모른다는 희망을 잃지 않고 늘 그러한 서정적 모드에서 벗어나고자 하는 김용호의 의지가 그 행간에서 읽혀지는 것이다.

민족공동체에게 역사적 현실과 정치적 혼란으로 인해 상실한 평범한 삶을 되찾아주고 싶은 꿈을 아직 포기하지 못한 김용호는 장시

「낙동강」의 실패에도 불구하고, 서사시집『남해찬가』에서 서사시인
으로서의 역할에 다시 한번 도전장을 내민다. 1957년 출판된『남해찬
가』는 총 17장, 1942행에 이르는 방대한 본격 서사시로서 충무공의
일대기를 재구성하고 있다. 김용호는『남해찬가』의 후기에서

> 우리 시단엔 아직도 이렇다 할 민족적 서사시가 없습니다. 나는
> 재능의 부족과 노력의 미진함을 번연히 알면서도 감히 이 길을 택해
> 보았습니다. . . .임진왜란에 못지않은 오늘날의 민족적 수난기에
> 있어서 성웅 이순신 어른께 찬가를 드리는 동시에 그 정신을 받들어
> 우리들의 거울로 삼아야 되겠[습니]다. 지성! 이 어른이 일생을 통한
> 일관된 정신의 기저는 바로 이것이라고 나는 생각합니다. 그러므로
> 이 어른은 그 당시에 있어서 최고의 도덕이요, 율법이었으며 따라서
> 대인격의 완성자이며 민족이상의 구현자인 것입니다. (197)

라고 말하며 서사시의 창작동기와 목적을 명백히 드러내었다. 즉,
6. 25 전쟁과 동족상잔의 비극 그리고 이어진 1950년대 정치, 경제적
혼란을 목도하며, 그는 충무공 이순신의 구국정신과 민족의 운명에
대한 책임감을 부각시켜 당대가 필요로 하는 지도자의 자실과 이상적
모습을 제시하고자 하였다는 것이다. 그러나 그의 원대한 포부에도
불구하고, 그의 서사시에 대한 평가는 냉정하였다. 김홍기는 남해찬
가가 구성면에서 "인과적 짜임보다는 충무공의 난중일기의 기록에
충실하여 기록적 한계를 벗어나지 못하였으며 서술의 평면성과 지나
친 격정 등의 한계"를 보인다고 평가하였다.[8] 이현석 역시 남해찬가
의 인물구조와 대립적 구조가 지나치게 단순하다고 지적하였다.[9]

---

8) 김홍기,『한국서사시연구』, 한양대 대학원 석사학위논문, 1980.
9) 이현석,「한국 현대시사의 새 지평-김용호의 '남해찬가' 소고」,『월간문학』, 1984.

이성교는 남해찬가의 의미를 김동환의 「국경의 밤」 이후 민족서사시의 가능성을 제시하였다는 점에서 찾았다.[10]

한편으로 평단의 이러한 반응은 『남해찬가』를 자세히 살펴볼 때 다소 과한 면이 있다는 생각이 든다. 제 육장에서 충무공이 원균파에 의해 무고하게 관직을 박탈당하고 귀향을 가는 장면에서 김용호는 충무공에 대한 연민과 원균파의 사악한 쾌락이 감각적인 언어와 수사를 통해 나란히 진행시키며 팽팽한 긴장미를 이루어 내고 있기 때문이다. 또한 제 십오장에서 충무공이 대전을 치르기 전날 밤 죽기를 각오하는 장면을 서술할 때에도, 그는 눈물을 흘리는 충무공의 모습을 역사적 맥락과 상징적 맥락으로 확장시키며 그 비장미를 강화시키는 데 성공하기도 한다.

> 武侯의 戰法을 쓰라는 陳璘에게 이렇게 딱 끊고
> 大義앞에 스스로 生死를 다루는 舜臣
> 쌍기한 냄새, 제대로 풍기며
> 찬바람에 가냘게, 구욹게 피여 오르는 香불
>
> 일찍이 微臣이 죽지 않으면……하던 舜臣
> 이제 죽어도 한이 없다……하는 舜臣
> 玉 알인양
> 떨어지는 눈물 한 방울
>
> 바로 이때
> 이 무슨
> 하늘의 조짐이뇨
> 뭇별을 거느린 큰 별 하나

---

10) 이성교, 「김용호론」, 『단국문학』, 1983.

기인 꼬리
횃불같이 밤하늘을 가로 그어
觀音浦 바닷 속으로
떨어지는 큰 별 하나

금새
뭇 작은 별들이 빛을 잃은 듯
하염없는 눈물
銀河로, 銀河로 흐르고

이윽고
하늘을 우러러 빌던 舜臣의
눈물 아롱진 눈이
바다를 뚫고 보면
밤은 그래도 제대로 깊어 가는가

이 원수
이 원수 모조리 무찌를
이 밤은
깊어 가는가

저어 머얼리 賊이 밀려 오는가
파도소리
힘줄 거센 파도 소리

  즉, 김용호는 충무공의 고귀한 옥루를 하늘에서 떨어지는 별똥별까지 확장시키며 하늘의 운명을 받아들이는 충무공의 장수로서의 순종, 겸손함, 극기의 덕목을 부각시키고 있을 뿐만 아니라 개인의 눈물이 바다의 물로 확장되며 앞으로 있을 참혹한 해전과 수많은 죽음으로 인한 눈물을 예시한다. 나아가 그는 이 전투를 민족상잔의 비극과 눈물을 불러온 6.25 전쟁과 병치시키며 역사적 사건이 현재와 미래 속에서 의미가 재해석될 수 있는 여지를 불러일으키고 독자들의 관심을 강렬하게 사로잡는데 성공하고 있다.

　하지만, 이러한 부분적인 성공에도 불구하고 김용호의『남해찬가』는 전체적인 면에서 서사시로서 성공했다고 평가하기 힘든 것이 사실이기도 하다. 무엇보다도, 장시「낙동강」에서 드러났던 그의 한계를 그대로 지속하면서 김용호는 충무공의 영웅적 일대기를 단순한 서사적 멜로드라마로 그려내는 결과를 자초하기 때문이다. 구체적으로, 서사시의 형식을 이용하면서도 김용호는 서정적 모드를 버리지 못한 채 독자들에게 감정의 이입을 강요하는 태도를 보이는데, 이순신의 탄생을 찬양하는 장면을 한번 살펴보자.

아!
하늘이 무심치 않어
실로, 아직도 아껴 저바리지 않어

이 땅, 이 나라. 이 백성에
빛
기리 민족의 이름으로 영원한
빛을 주셨으니
때는
仁宗元年 三月 八日

混亂의 구름을 뚫고
우뚝 솟아 오른 빛
千秋 萬代에 꺼짐없는 그 빛

크넓은 그 빛!

드높은 그 빛!
한깊은 그 빛!
그 빛!

어디까지 비쳐 가려는가
混亂의 이 구름을 뚫고

　　김용호는 충무공 이순신을 이상적인 민족지도자상으로 제시하고
자 하는 포부에 과도하게 심취된 나머지, 그의 탄생이 한민족의 역사
에 어떤 의미를 지니게 될 것인지에 대해 진지하게 사색하기 보다는
과장된 수사로 신비화하려는 태도를 보인다. 또한 제 팔장에서 충무
공이 유배 중 모친상을 당하고 괴로워하는 부분에서도 김용호의
과장된 수사는 충무공의 내적 감정을 시적으로 재구성하여 영웅적
위엄과 비장감을 고조시키기 보다는 값싼 감상주의에 빠지는 경향을
보여준다.

오! 風樹의 설음이여!
　徹天의 恨됨이여!

나라에 忠誠을 다 하고도
죄가 이미 이르렀고
어버이께 효도를 다하려 하였으되
어버이 또한 버리고 가셨으니
이세상에
이세상에
이런일도 있을 것인가
있을수 있을 것인가

땅을 두드려 통곡하고

하늘을 우러러 새울어도
대답없는 아 대답이 없고
벌레가 울고 여울이 울어
이젠
짧은 밤엮어 굳은비 나리는가
毛汝谷골짜기에 굳은비 나리는가
눈물인양 떨어지는 처마끝 낙수물소리
獄苦도 참아내고
旅苦도 견뎌내고
喪苦도 눌려두고
드센 病苦마저 어이두어

멍든 발자국에 피묻은 白衣
울음이 샘솟아 어룽진 白衣
지나간 서, 넉달이
칡넝쿨인양 치잉칭 감기는데
개고리소리 개골 개골 물결 소린양 귓가에 펼쳐지면
문득
마음 달리는 閑山島
四年의 세월
가꾸고 닦은 閑山島
이젠 그 모습 그대론가 보고픈 閑山島

    한 나라의 장군으로서 뿐만 아니라 한 사람의 아들로서 충무공의 인간적인 면을 드러내고자 했던 김용호의 의도를 고려한다고 하더라도, 이러한 감상주의는 역사적 혼란기를 뚫고 나갈 이상적인 지도자인 충무공의 영웅적 위상에 걸맞지 않은 감정의 노출이기에 오히려 주인공과 시적 정서 사이의 간극을 드러내며 그 효과가 반감될 뿐이다.

    나아가 김용호는 충무공의 영웅적 행위를 묘사해야 할 부분에서조차 서정적 모드를 유지하고 감정이입을 강요함으로써, 충무공의 영웅적 면모가 서사의 핵심이 되기보다 전지적 작가의 해설이 주체가 되는 자아 심취를 드러내기도 한다. 가령, 제 구장에서 임금과 신료들이 해전의 실패를 인정하려는 태도를 보이자 충무공이 남아있는 열 두 척의 배를 가지고 해전을 치르겠다는 불굴의 용기와 구국의 열정을 보여주는 대목을 보자.

> 그러나 보라
> 舜臣은 대뜸 이렇게 아뢰었다
>
> <戰船이 아직도 열두척 있아오니
>   죽을힘 다하여 싸운다 하올진대
>   이로써 오히려 넉넉다 하오리다
>   微臣이 안죽고 살아서 있는 限엔
>   賊인들 손쉽게 덤비지 못하옵고
>   우리를 깔보지 못할줄 아뢉니다>
>
> 아직도
> 戰船이 열두척 있어
> 넉넉다 하는 舜臣
>
> 萬古에 굽힘없는 이 氣魄을 보라
> 倭賊不敗의 이 굳은 信念을 보라
> 하늘이 낸 둘 없는 이 眞勇을 보라
> 가없이 넓고 큰 이 自負를 보라
> 그리고도 오히려 남음 있어
> 헤아릴 길 없는 이 心境을 보라
> 이
> 모오든걸
> 칼날세워 스스로 맹서하는 舜臣

하늘이여!
산, 들이여!
바다여!
生命있는 그 모오든 것이여!

어찌 함께 움직이지 않으랴
어찌 힘을 모아 함께 싸우지 않으랴

파직되어 해군통수권마저 빼앗긴 상황에서도 끝까지 구국의 충정을 잃지 않았던 충무공이 얼마 안 되는 수군으로 왜적을 막겠다며 살신성인의 모습을 보여주는 이 부분에서, 충무공은 그 어느 영웅에 못지않은 용기와 불굴의 의지를 보여주고 있다. 그럼에도 불구하고, 김용호는 충무공의 영웅적 면모를 시적 상상력으로 재해석하여 장수로서의 용기와 자신감을 현대적 지도자들의 타락과 이기주의에 대조시키고 그 의미를 극대화시키는 가운데 독자들이 충무공의 덕목을 시대를 초월하는 절대적인 덕목으로서 감탄하고 공감할 수 있게 제시하지 않는다. 오히려, 자신의 서정적 모드에 빠져 시적 통제감을 상실하고, 충무공의 "기상," "신념," "용기," "자비," "심경"을 "보라"고 다섯 번이나 반복 강조할 뿐이다. 이어 "어찌 함께 움직이지 않으랴/어찌 힘을 모아 함께 싸우지 않으랴" 라고 외치며 자신의 권위를 강요하는 우를 범한다.

장시 「낙동강」에 이어 『남해찬가』에서도 지속적으로 드러나는 이러한 한계들은 김용호가 선택한 서사시인의 역할과 그의 서정적 성향이 얼마나 불일치하였는가를 제시한다. 그리고 우리는 그러한 불일치가 결국 그에게 시적 에너지를 고갈시키는 부작용을 초래할 뿐이었던 점을 이해하면서 그에게 연민을 가지게 된다. 민족의 미래에 대한 자신의 순수한 염원과 혼신의 노력을 기울여 그 염원을 담아낸 서사시가 대해 평단으로부터 인정을 받지 못하자 김용호는 이후 시집『날개』에서 더 이상 서사적 전망을 예시하는 푸른 별을 보지 못하고 자괴감과 좌절감에 빠진 모습을 보여주기 때문이다.「날개」에서 그는 하늘을 향해 두 팔을 벌리고 서서 자신에게 진, 선, 미와 영원에 대한 동경을 주셨으나 그 꿈을 향해 비상할 수 있는 날개를 달아주지 않으신 그분께 항의의 몸짓을 보인다.

<blockquote>

일찍, 너는 사랑하는 사람의
이름이었다.

그곳엔

하나의 憧憬과
하나의 善悅과
하나의 美質과
하나의 眞實과
그리고 永劫에의 戀戀한 約束이 있었다.
……
Y
나는 때늦게 이제야 안다.

넌
이 어쩔 수 없는 人生에
두팔을 들고 降伏한 나의 符號란 것을

</blockquote>

　그러나 하늘은 그의 절규에 아무런 대답이 없고, 그는 이제야 마침

내 자신이 서사시인으로서 민족공동체의 전망을 유기적 상상력과
시적 언어로 실현할 수 있는 능력이 부족하다는 사실을 깨닫고 자신의
부족한 현실에 항복하고 절망하는 모습을 보인다. 이어 그는 「이별사」
에서 자신의 영혼과 육신이 서로 이율배반을 하고 있는 것을 무기력하
게 지켜보고 있거나, 「플랫폼에서」서는 "한 운명에 담겨 난 또 어디로
가야 하느냐"라고 외치며 절망감에 휩싸이기도 한다. 「거리」에서
그는 "성좌는 이미 저어 머얼리 흩어져" 버렸으며, 별빛을 헤아리려
해도 "언제나 하나가 모자라" 뭔가 아귀가 안 맞는 듯 시인으로서
자기의 모습이 "어색"하게만 여겨지는 것을 느끼고, 「거울」에서 거울
을 들여다보면 자신의 현실과 이상의 거리가 너무 먼 나머지 그것은
"메꾸지 못하는 距離의 悲願"을 공명할 뿐이다.

　다행스럽게도, 김용호는 비록 내적으로는 서사시인의 꿈을 포기할
수밖에 없는 우울함으로 고통스러워하였지만, 끝까지 시인으로서의
자존심을 지키고자 하는 의지적인 모습을 보여준다. 평단에서 그를
"절름발이"(「날개 I」) 혹은 "앉은뱅이저울" (「앉은뱅이저울의 노래」)
라고 불러도, 그는 "잡초"처럼 시를 계속 써나갈 것을 다짐한다.

　　　꽃이랑 향기랑
　　　그러건 애당초 가져 본 일이 없다.

　　　이름조차 없는 열묶음 雜草라서
　　　자랑이란 씨가 없고
　　　우쭐댈 밑천이 아예 없다.

　　　사람들은 날, 무척 성가시다고 한다.

미움처럼 돋아난 손발을
무시로 잘리우기 일수라서
땅속깊이 뿌리를 뻗는 버릇이
조상때부터 생겼다고 한다.

알맞은 水分과 토실토실한 흙젖과
또하나 그 누구도 막지못할 太陽이 있어
生命을 가꾸기엔 그리 모자랄게 없다. <잡초의 노래>

　"꽃이랑 향기랑/ 그런 건 애당초 가져 본 일이 없다"라고 애써
자위하면서 그는 꽃과 향기에 대한 꿈 대신 잡초처럼 뿌리를 깊숙이
내리겠다고 결심한다. 즉, 평론가들이 그를 "성가시다고" 하여도 그가
나름대로 잘 할 수 있는 서정시의 세계에 물과 양분을 주어 잘 가꾸면
그것도 "태양"으로 비유되는 대중의 관심을 받고 "생명"을 이어가며
독자적인 세계를 구축하게 될 것이라는 긍정적이고 낙관적인 전망을
하는 것이다. 그리고 그가 지속적으로 관심을 보여 온 민족공동체의
삶, 서민들의 평범하고 일상적인 삶에 대한 애정과 관심이 담긴 시를
써서 독자들과 교감을 나누고자 하는 것이다.
　「주막」은 이러한 김용호의 변화된 의식이 잘 반영된 작품으로서,
그가 희망한 대로 대중에게 관심과 사랑을 받아온 작품이다.

어디든 멀직암치 통한다는
길 옆
酒幕

그
수없이 입술이 닿은

이빠진 낡은 사발에
나도 입술을 댄다

흡사
情처럼 옮아 오는
막걸리 맛

여기
代代의 슬픈 路程이 集散하고
알맞은 자리, 저만치
威儀있는 頌德緋위로
맵고도 쓴 時間이 흘러 가고

세월이여 !

소곰보다도 짜다는
人生을 안주하여
酒幕을 나서면

노을빗긴 길은
가없이 길고 가늘더라만

내 입술이 다은 그런 사발에
누가 또한 닿으랴
이런 무렵에

    서민들이 지친 심정을 달래고 가는 주막을 배경으로 "맵고도 쓴" 삶의 애환을 톡쏘는 막걸리로 삼키며 피곤한 삶을 이어가는 소박한 서민들의 삶을 그려낸 이 시는 서정적 모드가 "정처럼 옮아오는 막걸리 맛," "소곰보다도 짜다는 인생을 안주하여" 와 같은 간결한 언어와 함축적 비유를 통해 한결 원숙해진 것이 드러난다. 이 시에 대해 조동구는 다음과 같은 찬사를 보낸다.

<blockquote>
특히 '이빠진 낡은 사발'에 닿은 입술을 통해 '흡사/정처럼 옮아오는/ 막걸리 맛'과 같은 구절은 시인 특유의 소박한 인정과 서민과 함께 하는 따뜻한 유대의식을 느끼는 부분이다. '맵고도 쓴 시간'이나 '소금보다도 짜다는/인생,' '노을빛긴 길은/ 가없이 길고 가늘더라'와 같은 구절에서 다소 허무적이며 체념적인 감상을 볼 수 있지만, 나그네의 고독과 서민들의 애환을 함께 하면서 살아나가고자 하는 시인의 따뜻한 서민의식을 느껴볼 수 있다. (65)
</blockquote>

결국 「주막」에서 보이듯이 김용호는 일상을 통해 삶의 의미와 정을 나누고자 하는 그만의 휴머니즘을 발휘하는 데에서 가장 편안하고 자연스러운 모습을 보여줄 수 있었으며, 그럴 때 그의 시적 감수성은 언어와 유기적 통합되어 그만의 독특한 서정미학을 이루어 내었던 것으로 여겨진다.

그러나 아쉽게도 김용호는 『의상세례』의 출판을 마지막으로 하여 그의 시작 활동을 공식적으로 종결짓고 이후 후세 육성에 전념하게 된다. 이 시집은 이전의 시집들에 비해 산문시가 두드러지는데, 그 이유는 아마도 그가 시인으로서 그간 상당히 먼 길을 걸어 처음 시작한 곳을 조용히 관조하며 지난했던 여정에 대해 반추를 하기 때문이 아닌가 싶다. 바로 전 시집에서 "내/ 날고 싶구나/ 짧은 한쪽다리를 어루만져/ 내 날고 싶구나//날개돋힐 두 어깨에/힘은 솟아라 (「날개 I」)라고 절규하고, "어머니/ 어찌하여 당신은 나에게 날개를 주시는걸/ 잊으셨습니까"(「날개 II」)라고 원망을 외쳤던 김용호는 이제 「날개 III」에서 불길같이 타오르던 분노와 회오리바람처럼 몰아

치던 좌절감에서 벗어나 어느 정도 평정심을 회복한 듯이 보인다.

空間은 가 없는 路程

交叉되는 思考에 信號가 明滅하고
甘美한 感觸이 色彩를 孕胎한다.

循環하는 軌道위에 年輪이 旋回하고
原始로 통하는 길에 <모나리자>의 微笑가 있다.

타이프라이터에 計算되는 數字.

自然이 上昇하고 人間이 下降하는 날
여기, 날개는 깃발이 되어 나부낀다.

한 點을 위하여, 圖形을 構圖하며
여기, 날개는 물결이 되어 출렁인다.

시인으로서 부단한 날개 짓을 하며 서사시의 세계를 향해 헤치고 왔건만 그 세계는 그에게 명멸하는 "신호"만을 알려줄 뿐이었으며, 그 맛 역시 쓰고 단 것이 섞여 있었다고 그는 말한다. 그러나 이제 그 길을 다 달려 인생의 종착역에 다가왔음을 예감하는 그는 자신의 삶의 굴곡을 모나리자의 미소로 받아들일 준비가 되어 있다. 인간의 몸은 죽어 땅속에 묻히더라도 영혼은 자연으로 회귀할 것을 믿고 있으므로 그는 그러한 "원형"으로의 회귀를 구도하며 서서히 비상을 준비하려고 한다. 이렇듯, 자신이 살아온 인생을 감각적 이미지들을 통해 구상해내는 동시에 자신의 죽음에 대해 "타이프라이터에 계산되는 숫자"라는 감정을 절제한 비유로 표현하여 공포도 없고 아무런 의미를 부여하지 않으려는 태도를 싣는 힘은 그의 서정적인 모드가 깊은 지적사유와 유기적으로 통합될 때 얼마나 폭발적인 힘을 가질 수 있는가를 여실히 보여주고 있다. 그가 마지막 행에서 말하듯, "여기" 이 시에서 그의 시적 상상력의 "날개"는 서정의 "물결"과 하나를 이루며 독자들의 마음속에서 출렁이는 감동을 주기 때문이다.

그러나 마지막 시집에 이르기까지 김용호에게 이러한 시적 황홀감을 주는 순간은 아주 드물게 찾아왔던 것 같다. 그에게 언제나 비상의 가능성을 명멸하는 신호를 통해 짐작만 하게 해주던 시의 어머니는 끝내 그가 바라던 선물을 주지 않았기 때문이다. 결국 그는 「한 잎의 낙화였던 것을」에서 끝내 비상에의 꿈을 포기하고 시 쓰기를 체념하는 모습을 보여준다.

흔들리는 바람 속에 終焉이 있다. 虛空

自然속에 自然은 아슬아슬하게도 지고 離別
은 슬픈 깃발을 올려 나붓낀다.

얻은 것과 잃어버린 것과 매맞은 것과 사무
치노록 외롭던 숨먹은 나날과 헤어도 헤어
도 모자라던 그 하나와.

한 점 바람에도 歷史는 흔들리어 뚫린 가슴
과 무덤있는 노오란 風景과 <시지프스>의 忍
耐가 끝내 줄을 끊어 有限의 둘레에서 無限
으로 뻗힌 길.

한 잎 落葉이 지고 연달아 몇 잎이 지고 우
수수 수 없는 落葉이 진다. 간밤, 비가 축축

이 젖은 心情 위를 스스로 밟고 가면, 아득히
핀 少年의 꿈이 산 마루에 무지개로 걸려 있
고, 이제 한 개 돌이 되어 碑文에 새겨질 生
命이 조용히 진다. 落葉들의 바싹바싹하는
餘韻.

나도 한 잎 落葉일 뿐, 끝내 그 뿐인 것을.

바위가 굴러 떨어질 것을 알면서도 정상까지 바위 굴리기를 멈추지
않았던 신화의 인물 시지푸스를 통해 자신의 시 창작 인생을 일갈하는
김용호는 마침내 그가 "끝내 줄을 유한의 둘레에서 무한으로 뻗힌
길"로 접어들었다고 말하며 자신 역시 인고의 과정을 이제 끝낼
것임을 암시한다. 그러나 모순적이게도, 자존심 때문에 자신이 수많
은 꽃들 중의 하나, "한잎 낙화일 뿐, 끝내 그뿐인 것을" 이라는 사실을
그토록 인정하기 싫어했던 어리석은 인간이었음을 고백하는 이 산문
시는 그가 시창작과 이별하는 그 순간까지도 시창작의 끈을 놓지
못하고 있음을 증명하기도 한다. 함축적 수사로는 그의 진솔한 심경을
풀어놓기에 적합하지 않을지도 모른다는 그의 자의식이 산문시라는
형식을 선택하는 모습에서 내비쳐지기 때문이다. 결국 이 시는 "절름
발이" 시인으로서 운명을 감내해야 했던 김용호가 겪었던 그간의
"얻은 것과 잃어버린 것과 매맞은 것과 사무치도록 외롭던 좀먹던
나날"에 대해 독자들의 관심을 환기시키며, 그의 내적 갈등과 고통이
어느 정도였을지 짐작하게 해주는 가운데 시인 김용호의 삶에 대한
페이소스를 느끼게 해 준다.

Ⅲ. 결론

이상으로 일제 말에서 1960년대 초반에 이르기까지 활동했던 김용호의 시집을 조망하며 그가 가졌던 서사시인에 대한 꿈과 그의 좌절감에 대해 살펴보았다. 초지일관 민족공동체의 운명에 대해 예언하는 서사시인이 되고자 하는 푸른 꿈을 가졌으나, 안타깝게도 예민한 감수성을 타고났던 서정시인 김용호. 그는 서사시에 대한 집요한 실험과 추구를 하였지만, 결국, 그에게 돌아온 것은 인색한 평단의 비평과 자괴감뿐이었다. 그가 이상으로 생각하고 염원하는 서사시인의 모습과 그가 타고난 서정적 감성 사이의 간극은 결국 늘 그에게 뭔가 부족한 시인이라는 절망감을 주었고, 메워도 메울 수 없는 허기 같은 것을 느끼게 하기에 충분하였던 것 같다. 이러한 내적 갈등을 해소하고자 그는 때때로 서민들의 애환이 담긴 일상적인 삶의 모습을 서정시에 담아내면서 스스로를 달래고 용기를 북돋우었고, 시 창작에 대한 애정과 민족공동체의 삶을 대변하고자하는 염원의 끈을 놓지 않으려고 부단히 애를 썼다. 하지만 그의 내적 갈등이 마침내 그를 소진시켰는지 김용호는 60년대 중반이후 시작활동을 거의 하지 않고 교육에 더욱 치중하였으며, 그러면서 점차 시단의 중심부로부터 멀어지기 시작하였다. 비록 서정시인으로서 타고난 재능이 있었으나 서사시인의 날개를 달고 싶어 자신의 시적 에너지를 고갈시켰던 김용호는 한국현대시사에서 불운한 시인의 한 사람으로 자리매김을 할 수 있을 것 같다. 어떤 면으로, 그의 서사시는 일제 치하를 견뎌야 했던 민족의 수모와 6. 25 전쟁과 그 이후의 혼란한 현실을 담아내려는 시도를 하였다는 면에서 상당한 의미가 있을 것이다. 하지만, 따뜻한 마음으로 서민들의 일상을 정감있게 그려낸 그의 서정시는 그가 다른 꿈을 꾸었더라면 타고난 자신의 재능을 발휘하며 얼마나 더 높은 비상을 할 수 있었을 지를 추측하게 해 주어 무한한 아쉬움을 가지게 하기 때문이다.

김 용 호 론
— 그리움과 연민의 정서를 중심으로

정 삼 조(시인)

1. 들머리

김용호의 시는 일견 다양한 세계를 노래한 것처럼 보인다. 개인적인 연애 감정을 노래한 것에서부터 사람들의 생활 모습을 비판한 것이 있는가 하면 애국적인 감정을 유발하고자 하는 목적의식이 엿보이는 시도 있다. 그러나 면밀히 그의 시 전반을 검토해 보면 그의 시는 거개가 그리움 또는 동경이나 이상의 세계를 설정하고 그 세계에 도달하지 못하거나 도달할 수 없는 사람들에 대한 안타까움 또는 연민의 정서를 노래했다는 것을 알 수 있다. 극히 대중적이며 계몽적인 목적이 겉으로 드러나 보이는 시라 하더라도 그 이면에는 도달하고자 하는 세계가 밑바탕에 깔리고 그 세계에 도달하지 못하는 데에 대한 안타까움과 그러한 인간에 대한 연민의 정서를 확인할 수 있는 것이다.

물론 그 연민의 대상이 된 인간 군상에는 시를 쓴 시인 자신도 포함된다. 오히려 김용호 시에서는 '나'가 직접 서술하거나 그 '나'를 대상으로 하는 시가 주류를 이룬다고 할 수 있다. 이는 김용호의 시가 본질적으로 서정적인 것이며, 시인이 자아의 내면적 삶의 모습을 시로 드러내고 있다는 점을 말하는 것이다. 그러기에 김용호 시에서 일견 중요한 것처럼 보이는 사회 참여의 모습은 이러한 '나'를 포함한 사회의 개선과 각성을 열망하는 마음에서 나온다. 즉, 그의 시에서 드러나는 주된 정서인 그리움과 연민의 정서는 결국 세상 속에서의 개인 또는 개인사에서 출발한 것이고 시인은 때로 그 정서를 나를 포함한 대중과 사회에 적용시켜 간 작품을 다수 쓴 것이다.

그리고, 김용호 시에서의 그리움의 정서는 고향 또는 모성에 바탕을 둔다. 이 고향이나 모성은 또한 매우 여성적이기도 하며 보호본능적인 것이며 따뜻하고 편안하다. 경쟁과 투쟁이 없고 가장 순수한 사랑이 있는 세상이다. 그러나 인간은 언제까지나 이 세계에 머물 수 없다. 나이 들면서 갖가지 주변 여건은 경쟁과 투쟁을 유발하게 하고 인간은 갈수록 그 세계를 그리워하는 것이나 현실은 여기에서 차츰 멀어질 수밖에 없다. 누구나 맞을 수밖에 없는 죽음의 문제에 오게 되면 드디어 허무의 경지를 체험하지 않을 수 없는 것이다. 김용호의 시는 이런 고향이나 모성에의 회복을 늘 꿈꾼다. 그러나 그런 세상은 이미 존재하지 않는다. 여기에서 연민의 정서는 싹트는 것이다.

이 연민의 정서는 투쟁과 성찰에 이은 좌절의 모습에 겹쳐 나타난다. 인간이 가진 본질적인 한계와 주위의 환경은 인간으로 하여금 따뜻하고 편안한 세계에 머물게 하지 않는 것이다. 투쟁은 세상의 변화를 바라는 마음에서 물론 나온다. 성찰은 양심과 정의에 입각하여 용맹스럽게 정진하지 못하는 자신에 대한 부끄러움에서 기인한다. 흔히 자의식의 분열이라고 말해지는 '두 개의 나' 문제는 김용호의 시세계 전반에 걸쳐 산견되는데 이는 김용호 시 속에서의 자아 성찰의 결과이다. 세상이 자아의 뜻과 무관하게 전혀 개선될 기미를 보이지 않을 때 인간은 좌절할 수밖에 없다. 그때 가없음 또는 가없게 여김의 정서가 자연스럽게 유발되는데, 김용호 시의 정서는 이런 연민에 바탕을 두고 있는 것이다. 그리고 이 연민의 정서는 이상향에 도달하지 못하거나 요행 도달했다 하더라도 영원히 머무를 수 없는 인간의 속성상 매우 보편적인 것이라고 하겠다.

이러한 점들을 고려하여 이 글에서는 김용호 시에 나타난 일관된 정서가 그리움과 연민의 정서라고 보고 그 정서를 중심으로 김용호의 시 세계를 살펴보고자 한다.

김용호는 생전에 여섯 권의 시집을 묶었으나 이 중 제5시집 「남해찬가」는 한 편의 서사시이며 애국적 계몽적 성격을 띠는 시로서 세상의 변화를 바라는 마음에서 쓴 하나의 중심 생각을 드러내는 시집이기에 자세한 고찰은 생략하기로 하고 이 글에서는 나머지 다섯 권의 시집만을 대상으로 삼아 논하기로 한다. 또 이 글에서는 각 시집이 그리움과 연민의 정서를 드러내는 데 있어 각기 나름대로의 특색이 있다고 보고 각 시집별로 그 정서를 살펴보고자 한다. 김용호 시의 소재가 된 시기는 일제강점기로부터 해방 공간, 전쟁 공간, 독재와 부정부패의 시기에 이은 혁명 전후가 되는 것이며 격동적인 각 시기를 맞을 때마다 거기에 대한 시인이 반응이 각기 다르게 나타날 수밖에 없는 점을 고려한 때문이다.

2. 이상과 현실의 괴리; 제1시집 「饗宴」

　1941년에 간행된 김용호의 제1시집의 제목은 饗宴이다. '가난하고
외롭고 슬픈 내 靑春에 베푸는 饗宴'이란 부제가 붙었는데, 이 부제는
대단히 안정되지 못하다는 생각을 들게 한다. 시대가 불행한 시대였기
에 정신적 가난은 이해가 간다고 해도, 일본 유학을 한 사람이 물질적
가난을 말할 수는 없겠기에 그렇고 외롭고 슬프다는 말도 금새 수긍이
갈 수 있는 말이 아니다. 다만 이 부제는 당시의 불안한 시대 정신을
반영한 것이라고 생각할 수는 있겠다.
　그와 함께, 이 시집에 나온 시들의 정서 상황도 대체로 불안하다.
일제강점하 지식인들의 불안한 정신 상태를 드러낸 것이라고 볼
수 있겠는데, 이 시집에서는 우선 현실과 이상 사이에서 방황하는
정신을 중심적으로 볼 수 있다.

　　　시그널
　　　붉은 불 내 정열
　　　푸른 불 내 힌숨

　　　포인트의 岐路

　　　앗 !

　　　運命이
　　　비웃었다.

　　　線路곁엔 까마맣게 이렇게 써 있었다.

『汽車를 조심하시오』
―「시그널」전문

理想은
아름다운 꽃다발을
가ㅅ득 실은
雙頭馬車였읍니다

現實은
갈갈이 찢어진
두 날개의
葬送의 輓歌였읍니다

아하 !
내 청춘은
이 두 바위 틈에 난
고민의 싹이였습니다
―「싹」전문

위 인용시 중 「싹」은 쉽게 읽히는 시이다. 이상은 높은 곳에 있으나 현실은 너무도 초라하여 이상에 가까이 갈 수 없다는 고뇌를 노래하였다. 현실에 안주해서는 안 되겠는데 이상에 다가갈 방법은 없다는 것이다. 그리하여 청춘은 고민하는 '싹'이 될 수밖에 없는데, 이 고민의 싹은 갈수록 자라날 것이다. 시대 상황과 관련지어 생각해 본다면 빠져나올 길 없는 식민지 현실의 구렁텅이에서 몸부림치는 한 지식인의 아픈 고뇌를 노래한 것이라 하겠다.

시 「시그널」은 현실 세계에 대한 저항 의식을 노래하고 있다. 현실은 '붉은 불'일 때 서라고 하고 '푸른 불'일 때 가라고 하지만, 시의 화자는 그 반대로 하고 싶다는 심정을 토로한다. 즉, 붉은 것은 정열적인 것이니 위험이 따르더라도 가야할 바의 길인 것이고, 푸른 것은 이성적인 것이니 현실에 멈추어야 한다는 한숨이 되는 것이다. 초라한 현실일망정 지켜 안주하면 위험은 없을 것이나 그럴 수 없다는 마음을 표현한다. 이 시에서 '運命'은 현실의 편이다. 운명조차 비웃는데 굳이 가야할 그 길은 엄두가 나지 않는 길이다. 인간이 몸이 기차를 이길 수 있을까.

위 두 시에서는 고민하고 좌절하는 자아의 모습이 그려졌다. 현실의 문제를 타개하기 위한 실제 행동은 보이지 않는다. 하지만 고뇌하며 도달하고자하는 세계에의 열망은 읽힌다. 위 시들은 결국 부조리한 현실을 일탈하고자 하나 실행에 옮기지 못하는 한 인간에 대한 연민의 정서를 표현하고 있는 것이다.

그러면 이 시집에서 시인이 도달하고자 했던 세계, 또는 위 인용시들에 보이는 이상이 추구한 세계는 무엇일까. 가까이는 조국의 독립이라고 할 수 있겠지만, 또 그것을 위해 마땅히 노력해야 하겠지만, 이 시집에 보이는 궁극적인 세계는 어머니가 있는 고향의 세계이다. 그 세계는 순수한 사랑의 세계이며 모든 것이 갖추어진 편안함의 세계, 있는 것만으로도 자족한 세계일 것이며 당연히 일제가 물러간 세계일 것이다. 아래 시들에서 그러한 세계의 모습을 볼 수 있다.

언덕옆을 끼고 달아난 鐵路를 따라
고향의 모습이 눈썹 위에 삼삼그린다 그리움과 미움

맥없이 하늘이 어둠을 부르면
내 마음 한구석에도 철늦은 비가 나린다 오늘

짝밤을 나누면서 옛이야기에 뜬 눈을 새운
고향의 모종방 삿자리 밑은 따뜻도 하였다

그이 몰래 책 속에 넣어준 은행닢
황혼의 처마 끝에 추억을 물들인다 한 닢 두 닢

머얼리 省線電車의 기적이 비명처럼 들릴 때
불안이 홈파는 가슴 속의 懷疑 絶望

自炊道具가 할 일 없어 이틀채 쉬는 방 한구석
冬眠할 수 있는 動物이 부러운 요지음
                              —「寒想譜」전문

幸福은 요지경에 비치는 아름다운 蜃氣樓였고
幸福은 祖先들이 남겨둔 풀 수 없는 宿命이었다

가고 머물고 다시 오는 내 삶 위에 끝까지
믿을 수 있는 것은 단 하나 어머님의 사랑뿐—
참되고 거룩한 그곳만이 내 행복이 자리잡을
요람이었고 安息의 森林이었다

어느때나
어머님 앞에선
어린애인
나

어느때나
나를
어린애로 아는
어머니
            —「幸福」전문

위 인용시 중 「幸福」은 어머니의 사랑 아래서만 진정 행복할 수 있다는 것을 노래하였다. 하지만 그 어머니는 지금 없거나 멀리 있기에 그리움의 대상이 된다. 이 세계는 물론 모든 것이 갖추어진 자족의 세계다. 앞의 시「寒想譜」에서도 사정은 같다. 멀리 떠나와 외로운 자취생활을 하는 중에 가장 그리운 대상은 고향이 된다. 그리움과 미움이 교차한다는 것은 이 고향이 지금은 자기의 마음에 꼭 드는 곳이 아니란 뜻으로 보면 되겠다. 그러므로 그리움의 대상은 과거의 고향이다. 고독과 불안이 없는 곳, 오직 따뜻함이 존재하는 곳으로 과거의 고향은 그려져 있다.

이런 그리움의 정서로 함께 놓을 수 있는 시들로는 이 시집의 앞 부분에 많이 보이는 연시를 꼽을 수 있다. 사랑을 노래한 이 시들에 나오는 사랑의 대상은 지금은 시적 화자의 곁에 없는 존재들이다. 이별했거나 떠나버린 대상을 노래한 점을 고려하여 이 시대의 불안한 정서의 하나인 상실감의 표현이라고 할 수도 있겠으나 김용호 시의 전반적인 의미로 볼 때에는 이 연시들은 그리움의 정서를 표현한 것으로 보는 것이 타당해 보인다. 광복 후 경인년 전쟁을 치르는 중에 나온 제3시집에도 이러한 연시들이 집중적으로 보이기 때문이다.

3. 민중에 대한 연민의 정; 제2시집「해마다 피는 꽃」

광복 이듬해인 1946년에 나온 제2시집에서는 일제강점기 때에

못다 노래했거나 발표되지 못했던 시, 광복의 기쁨과 광복 후 민중들의 모습을 노래한 시들이 묶인 것으로 보인다. 결국 광복 전후의 시들이라 할 수 있겠다.

이 시집은 광복 후에 곧바로 나온 시집이어서 그런지 다른 시집들에 비해 가장 안정된 정서를 가지고 있다. 표제시인 「해마다 피는 꽃」은 삼일만세운동을 찬양한 시이고, 「혁명투사에게 바치는 노래」는 일제강점기에 광복을 위해 싸웠던 사람들에 대한 찬양이라 할 수 있겠다. 또, 「간다 거리에서」는 일제하 조선인의 자존감을 그린 것이다. 「절정 위에서」, 「붓 한 자루 가지고 간다」 등의 시는 광복 후 시 속 자아가 가고자하는 길을 희망적으로 제시한 글들이다.

하지만 이 시집에서도 주된 정서로 읽히는 것은 그리움과 연민의 정서이다. 장시 「낙동강」은 수탈당하고 고향마저 등져야 했던 일제강점하 민중의 아픈 실정을 그린 시인데 이런 정서를 대표한다.

다음 인용시는 일제하 고향을 떠나는 사람의 모습과 광복 후 고향으로 돌아오는 사람들을 각각 그린 시들이다.

> 비스듬이 드러 누워
> 기차가 산모랭이를 지나면
>
> 거기에 꼬마손의 마을이 보이고
> 그 속에 어머니가 보이고
>
> 별은 가난을 안은 채
> 진물 나는 흠집을 갖고 북쪽에 흘러
>
> 눈 나리면 낯설은 사이에도

함께 나누이는 슬픔

얄루강을 넘어 서면
콧물도 간간이 짜

우충충한 층계를 나려오는 하늘이
설레이는 마음과 어울려

백알을 마신 듯
가슴이 찌르르 하더라
                —「만주 가는 길」 전문

바람도 노곤해
함께 쉬던 고개

건너 산 부엉이도
다 아는 듯 울어

마지막 내려 보는
여윈 마을과
말 없이 작별을 나누던 고개

떠나는 이 많아도
오는 이 별로 없어
아지랑이
외딴 길로 돌아서 가고

발자국 소리를 즐기지 않아
진달래꽃 비탈로 숨어 피어
솔방울 소리마다
목메이던 고개

모두가 헤어지던

　　　그 고개 위로
　　　우리들은 다시
　　　새봄 함께 돌아왔느니라
　　　　　　　―「다시 고개 위로」 전문

　앞의 시는 시 속 자아가 고향을 떠나 만주로 가는 정서를 노래한
것이다. 떠나는 이유는 시 속에 명확히 드러나지는 않았지만 가난의
문제와 관련이 있다. 정든 고향과 어머니를 두고 먼 타국으로 떠나는
마음은 차 속 사람들의 공통된 심정이다. 추운 지방에 들어서면서
흘리는 콧물을 삼키며 '백알'을 마신 듯 마음이 저려온다. 고향과
어머니를 등지고 떠나는 사람의 아픈 마음을 무리 없이 그린 시다.
　뒤의 시는 고향을 떠났던 사람들이 광복을 맞아 고향으로 돌아오는
광경을 그렸다. 바람과 부엉이마저도 정들었던 그러나 가난 때문에
여위었던 마을, 떠나는 사람은 많아도 돌아오는 사람은 별로 없던
그 목 메이던 고개를 넘어 이제 사람들이 돌아왔다는 것이다. 정든
고향에 대한 묘사도 선명하고 떠남과 돌아옴의 정서와 고향의 풍물이
잘 어울려 귀향의 의미를 잘 살려주고 있다.
　위 시들에 보이는 정서는 당연히 고향에 대한 그리움과 그 고향에
의지해 사는 사람들에 대한 아픈 마음, 곧 연민이라 할 수 있겠다.
또한 시 속에 직접 드러나지는 않았지만 그들을 떠나게 했던 연유에
대한 원망의 마음과 다시는 그런 일이 없어야겠다는 시인의 따뜻한
마음을 은연중에 느낄 수 있다. 연민이라는 연약해 보이는 정서가
웅장하고 큰 목소리의 장시보다 더 시인의 마음을 잘 대변해 줄
수 있는 까닭이 여기에 있다.

4. 그리운 사람과 고향; 제3시집 「푸른 별」

시집 「푸른 별」은 1951년에 간행되었다. 전쟁 중에 나온 시집이지
만 전쟁을 소재로 한 시는 별로 보이지 않는 시집이다. 이 시집에는
제1시집에 다수 보였던 사랑과 이별을 소재로 한 시가 주를 이루며
고향과 어린 시절을 노래한 시가 보인다. 그리움의 정서를 주로 드러
낸 시집이라고 할 수 있겠다.

> 날이
> 날마다
> 오 가는 길에
> 너만 있어
>
> 숫한
> 사람들이
> 오 가는 길에
> 너만이 있어
>
> 항아리속
> 한 마리 운명의
> 금붕어처럼
>
> 너를 숨쉬고
> 나는 살아 간다
>   —「너를 숨쉬고」

위 인용시는 이 시집에 산견되는 사랑과 이별을 노래한 시 중
하나를 뽑아본 것이다. 시 속의 '너'는 누군지 알 길 없으나 시 속

화자에게는 절대적인 그리움의 대상이라는 것만은 알겠다. 이 그리움은 운명과 같은 것이어서 화자는 그 절대적 그리움에 의지하여 세상을 살아가고 있다는 것이다. 이 시집을 낼 때의 김용호의 나이는 거의 사십에 가까운 때이므로 단순한 연애 감정을 가지고 이런 시를 썼으리라고 보기는 어려울 것이다. 단지 전쟁 중의 각박하고 고단한 삶 속에서 무언가 또는 누구인가에 대한 그리움의 정서로 현실을 헤쳐 나가고자 했던 것으로 보인다. 이 시집에 보이는 사랑의 대상이 이별해 있기도 하고 죽은 것으로 나타나기도 하는 등 일정한 모습을 보이지 않는다는 점이 이런 추측을 가능케 한다.

한편 이 시집에서도 고향에 대한 그리움을 노래한 시들이 있다. 다음 인용한 시는 김용호 시의 대표작 중 하나로 널리 알려진 시다.

오누이들의
정다운 이야기에
어느집 질화로엔
밤알이 토실 토실 익겠다

콩기름 불
실고추처럼 가늘게 피어 나는 밤

파묻은 불씨를 헤쳐
엽담배를 피우며

「고놈 ! 눈동자가 초롱같애」

내 머리를 쓰다듬어 주시던 할매

바깥은 연신 눈이 나리고

오늘밤처럼 눈이 나리고

다만 이제 나홀로
눈을 밟으며 간다

「오—바」자락에
구수한 할매의 옛이야기를 싸고
어린시절의 그 눈을 밟으며 간다

오누이들의
정다운 이야기에

어느집 질화로엔
밤알이 토실 토실 익겠다
　　　　　—「눈오는 밤에」 전문

　김용호의 시 속에서 가장 그리워했던 세계가 그대로 드러난 시이다. 콩기름 불을 밝히는 이 집은 특별히 부유할 것도 없어 보이나 다만 가족간의 따뜻한 사랑이 넘치는 곳이다. 정다운 오누이가 있고 구수한 밤이 있으며 잎담배를 피우는 할매의 옛이야기가 구수하다. 그러나 화자에게 있어 그 시절은 다시 돌아오지 않는 시절이다. 눈에 의하여 연상된 그 시절은 화자에게 있어서는 절대적인 그리움의 공간이다. 그 공간은 화자의 마음 속에서 사라지지 않는 공간이며 고단한 세상을 헤쳐나가는 힘을 주는 공간이다. 이런 정서를 가진 사람은 아무리 어려운 처지에 놓이더라도 불행하지 않을 듯하다. 돌아가 의지할 곳, 그리움의 정서를 가지고 있기 때문이다.
　다음 인용하는 시는 시인의 자서전적인 시라 생각된다. 실제 고향의 산 이름이 등장하고 시 속 대상인 소년이 '나'를 가리키기 때문이다.

이 시에서는 그리움과 함께 자기 연민의 정서가 읽힌다.

> 고향 뒤ㅅ산
> 노비산 언덕위에 소년은
> 꿈이 많았더란다
>
> 구름에도
> 풀밭에도
> 곧잘 꿈을 심었더란다
>
> 심구곤
> 자라나는 꿈이 하도 벅차서
> 흐느끼며 우러러 본 하늘
>
> 별들이 의좋게 반짝거리는 밤엔
> 구슬픈 곡마단의 「트럼펫」소리에 귀가 젖어
> 고스란이 별과 함께
> 그냥 샌 밤이 있었더란다 나의 푸른별을 안고
>   * 노비산 : 마산에 있는 조그만 산 이름
> ──「푸른 별」 전문

　위 인용시 「푸른 별」에서 시인의 어린 모습인 소년은 노비산에서
꿈을 키우고 있고, 커가는 그 꿈을 감당하지 못하는 사람으로 그려졌
다. 별들을 바라보며 그 별을 가슴에 안고 곡마단 트럼펫 소리에
귀를 기울이던 꿈 많은 소년이었다. 그러나 이 시의 세계는 모두
과거형으로 서술된다. 꿈이 이루어지지 않았기에 꿈을 가졌던 그
시절을 그리워하며 회상해 보는 것이다. 이 그리움의 세계에서 자기를
응시하는 시적 화자의 시선은 연민에 차 있다. '-더란다'라는 종결어미
는 어떤 이야기를 전달할 때 쓰는 어미다. '나에게도 이런 시절이

있었어'의 의미이다. 지금은 다른 세계에 있지만 소년 시절에는 그렇
지 않았다는 것이고, 그 꿈을 이루지 못한 자신에게 새삼 그런 일이
있었다는 것을 일깨워 보고자한 것이며, 책망하고자 한다기보다는
과거의 자신과 현재의 자신을 돌아보고자 하는 뜻이 강하다. 물론
여기서의 꿈은 세속적 부귀영화를 가리키는 것은 아니다. 곡마단
트럼펫 소리는 구슬프면서도 사람의 마음을 움직이게 하는 것이기는
하지만, 부귀와는 거리가 먼 것이고 거기에 마음을 빼앗기는 사람이
부귀를 꿈으로 가질 리 없기 때문이다. 그 꿈은 아마도 세상을 아름답
게 하는 것, 세상을 고향의 자족한 모습처럼 살기 좋은 곳으로 만들고
자 하는 것쯤으로 생각할 수 있을 듯하다.

5. 고뇌하는 자아에 대한 연민 - 제4시집 「날개」

시집 「날개」는 1956년에 간행된 시집이다. 이 시집에는 자아의
성찰과 그 성찰에서 오는 자아의 분열상을 노래한 시들이 두드러지는
데 이러한 시들은 자아에 대한 연민의 정서를 유발한다.

거울에 다가 서면
당신이 거기 있읍니다. 내 아닌 당신이

또한 <오버 · 랫프>하는 얼굴이
거기 있읍니다. 머언 過去처럼도 아닌 오늘

다시 거울에 다가 서면
어울리다 포개이고 그리곤 分裂하는
내가 거기 있읍니다. 당신 아닌 내가

그래서 당신이 나를 멀리하고 가까이 하듯
나 역시 당신을 가까이 하고
또한 멀리하고 있읍니다. 메꾸지 못하는 距離의 悲願처럼
　　　　　　　　　　　　　—「거울 Ⅱ」 전문

외쳐 내가 날 부르면
스르르…저어 머얼리 우짖고
사라져 가는 나

다시 우우우…하고
내게로 달려 오는 나

<어느 것이 내냐?>
미친 듯 내가 날 찾아 목놓아 부르면
뭇발이 달린 지네가 그곳에 있다.

와르르……

空中에서 分解하는 나의 肉體에
哄笑의 輓歌를 보내는 惡魔의 合唱隊가 있었다.
　　　　　　　　　　　　　—「어느 幻想」 5-9연

　위에 인용한 두 시는 심각한 자아분열상을 보인다. 두 개의 자아가
충돌하는 모습을 드러내고 있으며 시 속 화자는 어느 것이 진정한
자아냐고 묻는다. 이 두 자아는 시간이 갈수록 더 거리가 멀어진다고
술회되는데 이는 현실의 자아와 이상 세계에 다가가고자 하는 자아의
간격이 갈수록 벌어진다는 뜻으로 받아들이면 되겠다. 시인이 추구하

고자 했던 원래의 삶의 모습과 현실이 너무 괴리가 생긴 데서 오는
비명인데, 앞서 살펴본 제1시집에서도 이러한 현실과 이상 사이에서
괴로워하는 자아의 모습은 보여진 바 있다. 제1시집에서와 마찬가지
로 고통스러워 하는 자아를 바라보는 시적 화자의 시선은 연민의
정서에 닿아 있다.

　시집 「날개」의 표제시인 아래 시들은 이런 고통에서 벗어나고자
하는 열망을 보이는데 고통에 몸부림치는 자아를 바라보는 시인의
시선 역시 연민의 정을 담고 있다고 봐야 할 것이다.

내
날고 싶구나
짧은 한쪽다리를 어루만져
내 날고 싶구나

날개돋힐 두어깨에
힘은 솟아라
　　　　　　　　　—「날개Ⅰ」 6-7연

속절없는 나의 曲藝에 풋내기애들의 손벽이 울리고
누군가
<피에로>
<피에로>
하며 외치는 소리

어머니
어찌하여 당신은 나에게 날개를 주시는걸
잊으셨습니까
　　　　　　　　　—「날개Ⅱ」 3-4연

앞의 시는 이상과 현실의 차이에서 절름발이가 된 화자가 날고 싶다는 소망을, 뒤의 시 역시 뒤뚱거리는 걸음걸이 때문에 놀림을 당하는 현실에서 날개를 달고 싶다는 소망을 드러낸다. 가고자하는 길을 제대로 갈 수 없는 현실 세계에서 몸부림치는 자아를 시인은 연민 가득한 눈으로 응시하고 있는 것이다.

이러한 고통은 비단 김용호 시인 혼자만의 문제는 아닐 것이다. 당시의 격변하는 속 혼탁한 사회상에서 양심과 그 행동의 문제로 고뇌에 빠진 사람은 적지 않았을 것이고, 이런 그들의 마음을 김용호는 어루만져 주고 있다고 보아야 한다. 이런 시각에서 보다 보편적인 연민의 정서를 노래한 대표적인 시로 다음 시를 들 수 있다.

어디든 멀직암치 통한다는
길 옆
酒幕

그
수없이 입술이 닿은
이빠진 낡은 사발에
나도 입술을 댄다

흡사
情처럼 옮아 오는
막걸리 맛

여기
代代의 슬픈 路程이 集散하고
알맞은 자리, 저만치
威儀있는 頌德碑 위로

맵고도 쓴 時間이 흘러 가고

세월이여 !

소곰보다도 짜다는
人生을 안주하여
酒幕을 나서면

노을빗긴 길은
가없이 길고 가늘더라만

내 입술이 다은 그런 사발에
누가 또한 닿으랴
이런 무렵에
        ―「酒幕에서」 전문

　위 시는 일반인들이 함께 이용하는 주막이라는 공간을 설정하고 또한 그들이 함께 사용하는 사발을 통해 사람들이 결국에는 같은 운명을 공유하고 있다는 사정을 담담하게 술회하고 있다. 그러나 주막을 나서서 나아가는 길은 한없이 길게 뻗어있지만 인간은 그 길을 영원히 갈 수 있는 존재가 아니다. 송덕비의 주인공이든 아니든 모든 사람은 이 세상이라는 주막에 잠시 머무르다 떠나가는 존재인 것이다. 그러기에 인간은 본질적으로 슬픈 운명을 타고난 존재이며 여기에는 신분의 귀천이 없다. 이 시의 화자는 결국, 공동의 운명을 지닌, 어쩌면 가엾은 인간의 모습을 주막을 빌어 그려내고 있다고 하겠는데, 그 이면에는 화자 자신을 포함한 인간의 운명에 대한 연민의 정서가 짙게 깔려 있다.
　위 시와 함께 김용호 시의 대표작으로 꼽히는 「五月의 誘惑」이

이 시집에 실려 있다. 이 시의 주된 정조는 앞서 논한 시 「푸른 별」의 '곡마단 트럼펫 소리'에 크게 의지하고 있고, 따라서 이 시는 김용호 시의 주된 정서인 그리움의 세계를 설정한 것이라고 볼 수 있겠다. 앞서 시 「푸른 별」을 말하면서 대충의 내용을 살펴본 것으로 보고 이 시의 인용은 생략한다.

6. 위선적 현실 직시와 인간성 회복; 제6시집 「衣裳洗禮」

시집 「衣裳洗禮」에는 유독 산문시가 많다. 세세한 인간 사정을 자세히 서술하려다 보니 할 말이 많아졌다고 할 수도 있겠는데, 내용은 주로 인간의 위선을 다루고 인간성 회복을 힘주어 말하며 이상적 세계에 대한 그리움의 정서를 노래한다.

이 시집의 표제시는 「衣裳洗禮」인데 이야기 형식을 띤 산문시다. 즉 화장을 너무 많이 하여 얼굴을 망치게 된 한 여성이 성형을 하러 병원에 갔더니, 여자 의사가 너무도 박색이더라는 것이고, 자기의 못난 얼굴도 고치지 못하는 의사에게 성형을 맡길 수 없다하여 병원을 뛰쳐나온 그 여성은 거리를 걸으면서 인간은 자연의 일부이고 자연적일 때 아름다운 것이며 화장 곧, 위장은 오직 속임수에 지나지 않는다는 것임을 새삼 깨닫는다는 이야기다. 너무 장황하기는 하나 당시에 횡행하던 위선에 대한 통렬한 경고라고 볼 수 있다. 마지막 부분만 인용한다.

<自然은 얼마나 純粹한 것이냐!>
　이 自覺이 파아랗게 가을하늘과 함께 짙게 물들 때, 그녀는 비로소
人生의, 女人의 아름다움이 바로 自然 속에 있다는 걸 意識했다.
그렇다 僞裝된 現代의 衣裳洗禮에서 救援받을 수는 없지 않은가.
길로띵이 길로띵에 죽어 갔듯, 科學의 陷穽에서 모든 人間은 끝내
죽고 말 게 아닌가.
　그녀는 不安과 焦燥의, 그리고 그 僞裝의 衣裳을 훌훌이 벗었다.
沈着하게, 조용히 거리를, 아니 自然 속으로 발걸음을 옮겨갔다.

　시 속에서 '衣裳'이란 자연 곧 진실을 가리는 僞裝 내지는 僞善을
뜻한다. 이 의상의 세례라고 할 수 있는 위선의 홍수 속에서 인간은
그 순수성을 망각하고 살아가고, 그것을 당연한 일로 여긴다. 이를
안타깝게 여긴 시인은 인간은 본질적으로 자연 속의 일원일 때 가장
아름다울 수 있다는 점을 강조하여 인간성 회복을 꾀하고자 하는
것이다. 이 시 역시 작가의 사람들에 대한 연민의 마음을 드러낸
것이라고 보겠다.

　이 인간성 회복과 함께 김용호 시의 주요 정서인 그리움을 노래한
시도 많이 보인다. 다음 시는 어릴 때의 자족한 세계를 잃어버린
자아가 그 세계에 대한 그리움을 노래한 시다.

　가뭄이 오고, 해마다 해마다 가뭄이 오고 그럴 때마다 우물은
우중충한 흙 빛깔을 들내고 메마름에 지쳐 금이 갔다. 구름, 별, 그
소리는 어디로 갔는가 이쁘디 이쁜 이쁜이는 어디로 갔는가.

　모두들 잃어 버리고
　해가 쌓이고 해가 바뀌고
　이제 나의 가슴엔 카랑카랑하는 헛소리—

어느새 우물 속엔 童話가 없어졌다.
　　　　　　　─「우물 속의 童話」 8-10연

　　이 시에서의 화자는 세월이 지남에 따라 동화의 세계에서 저절로 멀어진 사람이다. 우물은 그 시절과 세계를 상징한다. 어른이 되어 어린 시절의 자족한 세계인 고향과 어머니를 떠날 수밖에 없는 자아는 그 시절을 그리워하지만 이제 그 세계에는 되돌아 갈 수 없다. 도달할 수 없는 세계에 대한 그리움, 여기에는 당연히 연민의 정서가 함께 있다.

7. 맺는 말

　　이 글은 김용호의 시가 일관된 정서를 표현하고 있는 것으로 보고, 그 정서를 그리움과 연민으로 파악하여 그 시세계를 각 시집 별로 살펴보고자 한 것이다. 물론, 40여년의 시력과 여섯 권의 시집을 상재한 시인의 전모를 한 부문에만 한정하여 살펴보고자 한 일은 애초부터 무리가 따르는 일이었는지도 모른다. 그러나 개인의 환경이나 사회의 상황이 끊임없이 바뀌더라도 사람이 지향하는 길은 크게 변화가 없을 것이고, 또 없어야 하는 것이 옳다고 믿는다. 시대가 바뀐다고 해서 옳고 그름, 아름다움과 추함은 변함이 없을 것이기 때문이다.

　　김용호의 시는 그 옳은 것과 아름다운 것을 평생 추구하였다. 그러나 사회 환경과 그 변화는 김용호 뿐만 아니라 주변의 모든 사람들에게 고통을 주기에 충분한 것이었다. 일제강점, 좌우익 대립, 전쟁, 독재의 시대 상황 아래 사람들이 양심을 지키며 산다는 일은 벅찬 일일 수밖에 없었을 것이다. 그리운 세계에 다가가기 위한 투쟁과 좌절, 그것을 응시하는 시인의 눈은 평생 연민에 젖어 있지 않을 수가 없었으리라.